Carme Riera
DER ENGLISCHE SOMMER

CARME RIERA

DER ENGLISCHE SOMMER

ROMAN

Aus dem Katalanischen
von Kirsten Brandt

Ullstein

*Für Frau Doktor Carmen Balcells, im Anno Horribile.
Und für Martha Tennent, das genaue Gegenteil von Mrs
Grose, in Erinnerung an ihren selbstlosen Intensivkurs, in
Dankbarkeit und Zuneigung.*

I

SIE HABEN GESAGT, Sie würden den Fall nur übernehmen, wenn ich Ihnen alles erzähle. Nun gut, das will ich hiermit tun. Ich werde Ihnen die ganze Geschichte von Anfang an erzählen, damit Sie über mich im Bilde sind. Ich sehe ein, dass Sie jeden einzelnen Aspekt der Angelegenheit kennen müssen, selbst den kleinsten und unbedeutendsten, denn einige dieser Aspekte könnten für eine erfolgreiche Verteidigung entscheidend sein.

Auch haben Sie mich gebeten, über die Ereignisse nachzudenken, sie so oft wie nötig Revue passieren zu lassen und sie Ihnen in allen Einzelheiten zu schildern. Verlassen Sie sich darauf: Ich werde Ihre Anweisungen Punkt für Punkt befolgen. Leider habe ich ja alle Zeit der Welt, und die werde ich mir auch nehmen.

Fangen wir also von vorne an.

Als ich meine Cousine Maria anrief, um ihr zu sagen, dass ich diesen Sommer nicht mit ihr verreisen könne wie sonst, war es noch so früh im Jahr, dass sie ihre Pläne problemlos ändern konnte. Ich hatte einen gewichtigen Hinderungsgrund vorzuweisen: Ich war entschlossen, das leidige Englischproblem ein für alle Mal aus der Welt zu schaffen. Damals – es war Anfang Februar, daran erinnere ich mich noch genau – konnte ich nicht ahnen, wie sehr ich diesen Entschluss bereuen würde. Im Gegenteil: Ich war überzeugt, endlich einmal die richtige Entscheidung getroffen zu haben. Dumm wie ich war, kam mir nicht in den Sinn, dass sie sich als schlechteste Entscheidung meines Lebens erweisen könnte. Manchmal entwickeln sich die Dinge eben anders, als man denkt, jedenfalls bei Menschen wie mir, die die bemerkenswerte Intuition einer Fliege haben.

Allerdings – dies sei zu meiner Entschuldigung gesagt – glaube ich nicht, dass irgendjemand hätte ahnen können, was mir nur deshalb widerfahren ist, weil ich Englisch lernen wollte. Mein Wunsch, diese fatale Wissenslücke zu schließen, war auch objektiv mehr als gerechtfertigt. Einige Tage, bevor ich meine Cousine anrief, um unsere Reise nach Peru abzusagen, hatten meine fehlenden Englischkenntnisse mich in der Immobilienfirma, bei der ich beschäftigt bin, in die Bredouille gebracht. Mir war genau das Gegenteil dessen passiert, was eine bekannte Sprachenschule von den Plakatwänden herab verkündete: *Laura macht Karriere, weil sie Englisch kann.*

Mein Misserfolg bescherte mir viele schlaflose Nächte und Albträume. Ich träumte, ein appetitlich aussehender, silbriger Fisch, einer von diesen fetten Fischen, die einem das Wasser im Munde zusammenlaufen lassen, gleite mir durch die Hände, sodass nur die Schuppen kleben blieben und nicht abgehen wollten, sosehr ich auch schrubbte. Schließlich schwor ich mir, auf die zweite Chance, die der Personalchef meiner Firma mir in Aussicht gestellt hatte, besser vorbereitet zu sein.

Also beschloss ich, jede Minute meines Urlaubs ausschließlich zum Englischlernen zu nutzen. Es tat mir leid um meine Cousine, um die Schönheiten Perus, um Gustavo und Gladis Bueno, meine Freunde aus Arequipa, denen ich versprochen hatte vorbeizukommen, aber mein Entschluss stand fest, und der Traum war mir eine Warnung gewesen: Nur die Kenntnis der Sprache der Yankees – obwohl ich sie vielleicht von nun an besser als die Sprache der Söhne Albions bezeichnen sollte – würde mein Selbstbewusstsein stärken und meine beruflichen Aufstiegschancen verbessern. So klapperte ich fast alle Fremdspracheninstitute ab – vom British Council über die Staatliche Sprachenschule bis hin zum Amerikainstitut – und sah mir eine Reihe privater Schulen an, um herauszufinden, welche Kurse im August angeboten wurden, dem einzigen Monat, in dem ich mich voll und ganz aufs Lernen konzentrieren konnte. Meine Arbeit ohne feste Arbeitszeiten – ich sollte wohl besser sagen: mein fast vierzehnstündiger Arbeitstag während des übrigen Jahres – ließ mir keine andere Wahl. Aber nicht alle öffentlichen Institute hatten im August geöffnet, und die Privatschulen versprachen zwar, dank ihrer Methoden werde das Englische nicht länger ein Buch mit sieben Siegeln für mich sein, wirkten jedoch wenig vertrauenerweckend. Also meldete ich mich nirgendwo an, zumal mich der Gedanke an die Augusthitze beunruhigte – die Meteorologen hatten aufgrund des Klimawandels bereits im Februar einen besonders heißen Sommer vorausgesagt.

Alternativ bot sich ein Kurs in Großbritannien oder den Vereinigten Staaten an. Dadurch käme ich nicht nur raus aus Barcelona, sondern würde auch durch den direkten Kontakt mit Einheimischen völlig in die Sprache eintauchen können, was ich bitter nötig hatte. Nur so wäre ich nicht länger dazu verdammt, ständig einen der wenigen Sätze wiederholen zu müssen, die ich beherrschte – *I'm sorry, I don't speak English* –, und daraufhin unweigerlich zu verstummen, enttäuscht und niedergeschlagen angesichts der Vorstellung, was mir alles entging, weil ich diese Lingua franca nicht beherrschte, die das Englische nun einmal ist, ob es uns gefällt oder nicht.

Ich hatte nie einen Hehl aus meiner Besessenheit gemacht, und meine Kollegen hatten stets versucht, mich zu beruhigen, indem sie sagten, ich solle mir keine Sorgen machen, schließlich seien meine mangelnden Fremdsprachenkenntnisse das Problem meiner ganzen Generation. Aber dass ich mein Leid mit vielen teilte, tröstete mich wenig. Im Gegenteil, ich dachte an die zahllosen Beziehungen in aller Welt – Liebesbeziehungen, Freundschaften, Geschäftsbeziehungen –, die aufgrund dieser Unkenntnis von vorneherein zum Scheitern verurteilt waren. Ich war sogar davon überzeugt, dass gewisse politische Ereignisse in unserem armen Land mangelnden Sprachkenntnissen geschuldet waren. Ich überlegte, ob Spanien sich wohl am Irakkrieg beteiligt hätte, hätte Aznar nur ein klein wenig Englisch gekonnt. Sein Minderwertigkeitskomplex hatte ihn dazu getrieben, zu Bush *Yes* zu sagen anstatt *No, thanks* oder *No, darling.* Wenn man eine Sprache nicht beherrscht, traut man sich nicht zu verhandeln, so viel ist klar, und neigt dazu, alles hinzunehmen, ohne zu bedenken, dass das, wozu man genötigt wird, einen teuer zu stehen kommen kann. Ja, ich halte es durchaus für möglich, dass unsere Beteiligung am Krieg ein Nebeneffekt der mangelnden Sprachkenntnisse unseres damaligen Ministerpräsidenten war. Seine Schulbildung war, genau wie meine, eine Folge des Franquismus. Auch nach Francos Tod galten Fremdsprachen noch lange als Zeichen von Überfremdung. Es war keine Schande – ganz im Gegenteil –, nichts anderes zu sprechen als Spanisch, die Sprache des Reiches, in der sich Karl V. (vielleicht einer der wenigen Herrscher, deren Mehrsprachigkeit während meiner Schulzeit lobend erwähnt wurde) an Gott gewandt hatte, während er mit seinem Pferd deutsch sprach und die Damen auf Französisch verführte.

Nein, Sprachen waren wirklich nicht die Stärke meiner schulischen Bildung gewesen, und wenn man den Statistiken Glauben schenken darf, ist das heute nicht viel anders. In einer Küchenschublade bewahre ich noch die Zeitungsartikel auf, die mir meine Arbeitskollegin Jennifer ausgeschnitten hatte, um mich zu trösten. Darin steht, dass achtundfünfzig Prozent der spanischen Studenten nicht in der Lage sind, eine Unterhaltung in einer anderen als ihrer Muttersprache zu führen, was heißt, dass sie auch kein Englisch können, eine Sprache, die laut Jennifer übrigens nicht einmal Bush beherrscht, obwohl sie seine eigene ist. Aber auch diese Argumente vermochten meine Besessenheit nicht zu mindern. Ich sagte, sowohl die Studenten als auch Bush könnten mir gestohlen bleiben, ich hasste den Gedanken, so zu sein wie sie, und wolle endlich mein Problem lösen. Wenn Jennifer mir wirklich helfen wolle, solle sie mir raten, wie ich am besten Englisch lernen könne, anstatt mir Zeitungsausschnitte anzubringen. Daraufhin schlug mir Jennifer vor, mich an ein Reisebüro zu wenden, das auf Sprachreisen spezialisiert war, und empfahl mir zwei, die sie kannte. Ich ging schnurstracks zu den angegebenen Adressen, und tatsächlich boten sich mir dort jede Menge Möglichkeiten. Das Angebot war breit gefächert: Kurse in den USA, Schottland, Wales, Irland ... Das Ganze war nicht billig, aber das war mir egal. Ich verdiene gut – vielleicht sollte ich besser sagen, ich verdiente damals gut –, auch wenn mein Gehalt stark von den Provisionen abhing. Irgendeinen Vorteil muss es ja haben, Tag und Nacht zu arbeiten.

Allerdings beunruhigte mich der Gedanke, mit jüngeren Teilnehmern in einem Kurs zusammensitzen zu müssen. Mit Ausnahme von Kindern – nie hätte ich gedacht, dass so viele Gören und so viele verschiedene Kurse speziell für sie existierten – ließ sich diesbezüglich leider nichts ausschließen. Niemand konnte mir versichern, dass ich nicht von Teenagern oder jungen Erwachsenen umgeben wäre, oder von Leuten, die zumindest jünger waren als ich, was mir übrigens in letzter Zeit ständig widerfährt. Dazu hatte ich nun überhaupt keine Lust. Ich sehe ein, dass meine Ansprüche – eine kleine Gruppe von Schülern zwischen fünfundvierzig und fünfzig – nur sehr schwer zu erfüllen waren. Aber auch wenn die Angestellte im Reisebüro mich voll und ganz verstand und mir andeutete, ihr gehe es wie mir, auch sie würde am liebsten das Jungvolk aus den Kursen – und der Welt – verbannen, konnte sie für nichts garantieren. Und so gab ich die Sache auf. Ich wollte einfach nicht unter lauter Grünschnäbeln sitzen, deren Hirnbahnen sehr viel agiler waren als die meinen und unter denen ich mich von Anfang an lächerlich gefühlt hätte.

Auf Jennifers Rat hin begann ich im Internet zu suchen, und sofort fand ich ein Angebot, das wie für mich geschaffen schien. Über einen Link war ich auf eine Reihe von Webseiten gestoßen, und als ich eine Adresse anklickte, erschien wie von Zauberhand eine Seite, die genau meinen Vorstellungen entsprach. Eine Lehrerin, die auf Englisch als Fremdsprache spezialisiert war, bot ihre Dienste an: *Lernen Sie Englisch bei mir zu Hause*. Das war genau das Richtige. Überdies schienen mir die dreitausend Pfund, die Mrs Annie Grose für Vollpension und *Full-time*-Einzelunterricht verlangte, nicht besonders teuer im Vergleich zu dem, was die meisten anderen Kurse kosteten. Ich hatte das Gefühl, endlich gefunden zu haben, wonach ich suchte. Auf diese Weise würde ich rund um die Uhr Englisch sprechen können und gleichzeitig das englische Leben bis in seine intimsten Details kennenlernen.

Auf dem Passfoto, das auf der Webseite zu sehen war, machte die Lehrerin einen angenehmen Eindruck. Sie war blond und blauäugig und hatte ein rundliches Gesicht mit einem gutmütigen Lächeln. Dem kurzen Lebenslauf entnahm ich, dass sie im Februar 1945 geboren war. Sie war mithin sechzig Jahre alt, knapp elf Jahre älter als ich. Das erschien mir ideal. So würde sie verstehen, welche Probleme das Sprachenlernen einem älteren Menschen bereitete. Auch dass sie eine Frau war, erleichterte manches – so dachte ich zumindest damals. Andernfalls hätte ich mich vielleicht nicht getraut, ihr ein Bewerbungsschreiben, einen Lebenslauf und ein Ganzkörperfoto zu schicken, wie es von Interessenten verlangt wurde. Diese Anforderungen erschienen mir zunächst merkwürdig, vor allem die letzte, aber Jennifer, die ich um Rat fragte, fand sie gerechtfertigt. Meine Freundin sagte, sie halte es für völlig normal, dass Mrs Annie Grose im Vorhinein wissen wollte, mit wem sie vier Wochen lang Tag und Nacht unter einem Dach zusammenleben würde, und sowohl das Foto als auch die persönlichen Angaben – unter anderem wurde nach Hobbys und Vorlieben, dem Familienstand, der Anzahl der Kinder, soweit vorhanden, familiären Verpflichtungen und so weiter gefragt – waren unabdingbar, um eine mögliche Unvereinbarkeit der Charaktere auszuschließen, bevor es zu spät war.

Dennoch blieb ich skeptisch, vor allem, was das Ganzkörperfoto betraf. Warum gab sich Mrs Grose nicht mit einem Passfoto zufrieden wie jedermann, sogar die Grenzpolizei? Schließlich war auf ihrer Webseite auch nur ein Passfoto zu sehen. Jennifer, die auf alles eine Antwort hatte, sagte mir, so könne die Lehrerin bereits im Vorfeld erkennen, ob ihre zukünftigen Schüler ein Gebrechen oder eine Behinderung aufwiesen, und sei gegen alle Eventualitäten gewappnet, ohne gegen die *political correctness* zu verstoßen, die in der angelsächsischen Welt so wichtig sei.

Vielleicht mochte sie keine Kurzen oder Langen, vielleicht keine Dicken oder Dünnen. Dicke Menschen – sagte Jennifer – konnten wahre häusliche Katastrophen auslösen: Sofas sanken unter ihnen ein, Stühle krachten zusammen und Betten brachen entzwei, außerdem fraßen sie wie die Scheunendrescher, räumten Kühlschränke und Vorratskammern leer. Vielleicht vertrug Mrs Groses Mobiliar keine zweihundert Kilo und ihr Geldbeutel keine Vielfraße. Vielleicht verabscheute sie Kleinwüchsige. Denn warum sollte ein Kleinwüchsiger nicht Englisch lernen wollen? Und warum sollte Mrs Grose sich verpflichtet fühlen, mit einem solchen Menschen ihr Haus zu teilen, wenn sie Hünen bevorzugte? Vielleicht mochte sie keine Frauen mit großen Füßen, glaubte, dass Hinkende Unglück brächten, oder hasste Leute mit Sommersprossen; Kahle weckten in ihr unangenehme Erinnerungen, oder sie konnte im Gegenteil Langhaarige nicht ausstehen oder hatte Vorbehalte gegenüber Schnauzbärtigen …

Wie Sie sehen, hatte Jennifer für alles eine einleuchtende Erklärung. Wenn Mrs Grose wählen wollte, war das ihr gutes Recht. Ich würde auch nicht gern mit jemandem zusammenleben, der schielt, denn ein Silberblick macht mich immer nervös. Und noch weniger ertrage ich es, wenn Leute schwitzen. Ich hasse Menschen, die ständig wie aus dem Wasser gezogen wirken und deren Händedruck einem das Gefühl gibt, frische Leber zu schütteln. Einmal ist mir der lukrative Verkauf einer Villa in Collserola durch die Lappen gegangen, weil ich den potenziellen Käufer, einen Millionär, nicht mit der gebührenden Aufmerksamkeit behandelt hatte. Sein durchgeschwitztes Hemd, vor allem aber seine schweißtriefenden Hände widerten mich an. Aber das ist eine andere Geschichte. Ich will an dieser Stelle schon vorausschicken, dass Mrs Grose zu meinem Leidwesen stark schwitzte.

Per E-Mail schickte ich der Lehrerin alle verlangten Unterlagen zu. Ich suchte ein Foto aus, auf dem ich gut aussah, wenn auch nicht so gut, dass sie mich später nicht wiedererkennen würde. Sie antwortete mir, sie habe meine Bewerbung erhalten, es hätten sich aber neunzehn weitere Interessenten gemeldet, und sie werde mich innerhalb der nächsten zwei Wochen über ihre Entscheidung informieren. Außerdem hatte sie eine Postkarte der Region eingescannt, in der ihr Haus lag, mitten auf dem Land. Allerdings konnte man nur sanft gewellte Hügel erkennen. Sie fragte mich, ob es mir nichts ausmache, so abgeschieden zu wohnen, und ich antwortete ihr postwendend, im Gegenteil, ich sei begeistert. Die Vorstellung, den August auf dem Land verbringen zu können, beflügelte mich, schließlich lebe – oder besser gesagt lebte – ich elf Monate des Jahres mitten in der Großstadt. Für einen Monat dem Verkehrslärm und dem nächtlichen Trubel zu entfliehen, erschien mir äußerst verlockend. Meine Vorfreude war groß, und ich hoffte so sehr, die Wahl möge auf mich fallen, dass ich in jeder freien Minute meine Mails abrief, um zu sehen, ob Mrs Grose geschrieben hatte. Nur vier Tage nach der Mail mit der Postkarte erhielt ich eine weitere Nachricht. Mrs Grose schickte neue Fotos, diesmal vom Haus. Auf dem ersten war ein ehrwürdiges, dreistöckiges Gebäude mit efeubedeckten Mauern zu sehen. Es erinnerte mich an die alten viktorianischen Herrenhäuser, die man aus zahlreichen Filmen kennt, und vielleicht malte ich mir deshalb zu diesem Zeitpunkt schon aus, wie ich im September nach meiner Rückkehr nach Barcelona an das Haus und meine Freundschaft mit Mrs Grose zurückdenken würde, glücklich über meine neu erworbenen, sorgfältig gehüteten Englischkenntnisse. An der Vorderfront des Hauses verlief eine Art Säulengang, und davor lag ein Garten voller üppig wuchernder Hortensien. Ein anderes Foto, aus größerer Entfernung aufgenommen, zeigte das Haus in der Totale, mitten in der Natur. Und auf dem dritten war ein Zimmer zu sehen, das wohl mein Zimmer sein würde, denn wie sonst war es zu verstehen, dass Mrs Grose mir das Foto eines Schlafzimmers schickte statt der Bibliothek oder des Wohnzimmers? Das Zimmer war riesig. Mit dem geübten Auge der Maklerin schätzte ich es gleich auf etwa dreißig Quadratmeter, und ich täuschte mich nicht. An einer Wand stand ein großes Himmelbett, daneben ein Nachttisch und auf der anderen Seite ein Queen-Anne-Stuhl. Dem Bett gegenüber stand ein Chester-Sofa mit zwei Sesseln. Aber es gab noch mehr Möbel: eine Kommode, einen Sekretär und einen *tallboy*, einen dieser hohen Schubladenschränke, in denen die Lords ihre Hemden aufbewahrten. Ich wusste wohl, dass das Auge der Kamera dazu neigt, die Dinge zu schönen, die es erfasst, und so wirkte dieser Luxus vielleicht übertrieben. Es war durchaus möglich, dass die Möbel in Wirklichkeit wurmstichig und von Staub und Spinnweben bedeckt waren. Dennoch: sowohl das Haus als auch das Zimmer waren imposant.

Die Fotos stimmten mich noch erwartungsvoller, aber dieses Mal musste ich nicht lange warten. Zwei Tage später beglückwünschte mich Mrs Grose, wie immer per E-Mail: Ich war ausgewählt. Unter den zwanzig Bewerbern hatte ich mich durch meine Antworten auf ihren Fragebogen, mein Naturell, meine Interessen und Vorlieben qualifiziert. Zur verbindlichen Anmeldung sollte ich nun die Hälfte der Kursgebühr auf ein Girokonto einzahlen, allerdings nicht in England, sondern in den USA, bei der Filiale einer lokalen Bank – der Layonard Bank – in einem Ort namens Lebanon in Neuengland. Vielleicht hätten Sie an meiner Stelle gezögert, die Überweisung vorzunehmen, denn nichts garantierte mir, dass es sich nicht um Betrug handelte. Woher sollte ich wissen, dass Mrs Grose wirklich existierte, auch wenn sie eine Webseite hatte? Außerdem stand auf dem Überweisungsbeleg nichts davon, dass es sich um die Anzahlung für einen Englischkurs handelte. Und warum sollte das Geld auf ein amerikanisches und nicht auf ein englisches Konto gehen? Das erklärte mir Mrs Grose höchstpersönlich: Sie war gerade dabei, ihren Haushalt in Lebanon aufzulösen, nachdem sie fast zwanzig Jahre lang an einer Schule im Nachbarstaat Vermont unterrichtet hatte. Mit dem Geld, das ich ihr schickte, würde sie den Transport eines Teils ihrer Habseligkeiten zurück in ihre alte Heimat England finanzieren. Dort wollte sie sich in dem Landhaus niederlassen, von dem sie mir Fotos geschickt hatte. Sie hatte es erst kürzlich von einer Tante väterlicherseits geerbt, ein wahres Geschenk des Himmels, das gerade kam, als sie beschlossen hatte, vorzeitig in Rente zu gehen, was ihr dieses Jahr geglückt war.

II

IN DEN VIER MONATEN von Ende März, als ich die Bestätigung für den Kurs erhalten hatte, bis August lebte ich in einem Zustand nervöser Erwartung. So war ich angenehm überrascht, unter meinen E-Mails von Zeit zu Zeit eine Nachricht meiner zukünftigen Lehrerin mit Einzelheiten betreffs meines Aufenthalts zu finden: über die passende Kleidung – bequem sollte sie sein, *casual*, dazu unbedingt eine Jacke, da es nicht besonders warm sei und abends frisch werde –, den genauen Stundenplan, täglich acht Stunden, nicht eine Sekunde weniger (wir würden um neun *o'clock* anfangen und um sieben aufhören, um Zeit für die Mahlzeiten zu haben), oder die Möglichkeit, am Wochenende Ausflüge zu machen. Sie riet mir, diese Möglichkeit wahrzunehmen, auch wenn mein Aufenthalt dadurch teurer würde, weil wir nicht nur mit dem Auto oder dem Zug reisen, sondern auch die Nacht außer Haus in irgendeinem *bed and breakfast* verbringen müssten. Dabei würde ich nicht nur mein Englisch verbessern, sondern auch verschiedene landschaftlich und literarisch interessante Orte kennenlernen. Diese Aussicht reizte mich, ehrlich gesagt, recht wenig. Ich hasse Wochenendausflüge: Die Straßen sind verstopft, und man läuft Gefahr, als hässlicher, über die Kühlerhaube segelnder Unglücksvogel die Statistik der Unfalltoten zu bereichern. Und auch wenn ich nichts gegen die Literatur einzuwenden habe – sollen sich jene damit beschäftigen, die gerne Romane lesen, wie meine Cousine Maria, eine Cousine aus Valencia wohlgemerkt, die glaubt, dass tatsächlich geschehen sei, was in den Büchern steht –, mir lässt mein Lebensstil keine Zeit zum Lesen. Ich gehöre zu den Leuten, die in den Umfragen immer angeben, dass sie niemals Bücher lesen, sehr zum Entsetzen derer, die das Gegenteil behaupten. Wenn ich nicht arbeite – was, wenn überhaupt, nur am Wochenende der Fall ist –, gehe ich ins Kino oder schlafe; ich habe immer Schlaf nachzuholen.

Gerade fällt mir auf, dass ich die letzten Sätze im Präsens verfasst habe, obwohl ich sie eigentlich in der Vergangenheit hätte schreiben müssen. Die Gewohnheit von dreißig Jahren – Sie wissen sicher, was ich meine – ist stärker als die drei Monate hier ... Nun, ich will in meinem Bericht fortfahren. Mrs Groses Vorschläge, die Schauplätze zu besuchen, an denen ein gewisser Henry James *Das Durchdrehen der Schraube* angesiedelt hatte – ein seltsamer Titel, nicht wahr? –, oder die Touristenrouten rund um *Sturmhöhe* oder *Jane Eyre* (die auch in den Reiseführern erwähnt waren, die ich mir kaufte), erschienen mir wenig verlockend, aber ich lehnte nicht ab. Im Gegenteil, ich schrieb ihr, das klinge gut, ich verließe mich da ganz auf sie, und wir sollten vielleicht sehen, wie das Wetter würde, und erst mal abwarten, bis ich angekommen sei, bevor wir ein Hotel buchten. Sie antwortete mit einer knappen Mail, einem »OK«, das ich als »in Ordnung, einverstanden« interpretierte. Aber gleich darauf wurde mir bewusst, dass ich sie womöglich gekränkt hatte. Immerhin war das Angebot von Ausflügen eine Gefälligkeit ihrerseits, auf die ich mit Ausflüchten reagiert hatte. Es war klar, dass sie an den Unternehmungen nichts verdienen, sondern im Gegenteil ihre Mußestunden damit vergeuden würde, mit mir an Orte zu fahren, die sie schon kannte. Aus diesem Grund und um nicht unhöflich zu erscheinen – ich hasse es, wenn uns Katalanen nachgesagt wird, wir würden jede Pesete zweimal umdrehen, Verzeihung, jeden Euro, ich müsste mich schon daran gewöhnt haben, sage es aber immer noch falsch –, überwies ich den Betrag, den sie für den ersten Ausflug veranschlagt hatte.

Zwischen Ende März und Ende Juni schrieben wir uns ziemlich viele E-Mails, die ich nicht gelöscht habe und die deshalb höchstwahrscheinlich noch im Posteingang meines Bürocomputers zu finden sind. Mein Passwort ist lalala. Bitte versuchen Sie doch, sie abzurufen. Sie kommen problemlos über die Webseite der Immobilienagentur hinein, indem Sie meinen Namen eingeben, Laura Prats Massutí. Ich glaube, dass Sie aus den E-Mails einige interessante Schlüsse über Mrs Groses Verhalten werden ziehen können, über ihren Zynismus, ihre kalte Berechnung und auch über mein Verhalten, meine Dummheit und meine Besessenheit, endlich die verdammte englische Sprache zu erlernen.

Mrs Grose beantwortete meine Fragen zu praktischen Dingen und ich die ihren. So erinnere ich mich an einen Austausch über Lieblingsgerichte und kulinarische Unvereinbarkeiten. Sie vertrug zum Beispiel keinen Knoblauch, der ja in der spanischen Küche nicht fehlen darf, wie sie selbst sagte, sodass ihr Gazpacho und *ajoblanco* nicht bekamen, obwohl sie beides gerne aß. Nach allem, was geschehen ist, erscheint mir diese Tatsache wie ein ironischer Wink des Schicksals. Meinerseits gab es nichts, was ich nicht essen konnte, nur jetzt, seit drei Monaten, seit jenem unglückseligen englischen Sommer, vertrage ich diesen widerlichen Nachtisch nicht mehr, eine Mischung aus heißem Pfirsich und einer ekelhaft süßen Sahne, den mir die Grose beinahe täglich nach dem Mittagessen vorsetzte und den ich essen musste, anfangs aus Höflichkeit und später, weil mir nichts anderes übrig blieb.

Vor den Osterferien schrieb ich an Mrs Grose, ich hätte nun vier Tage frei und bitte sie um Rat, was ich tun könne, um mich auf den Intensivkurs im Sommer vorzubereiten. Sie empfahl mir, so oft wie möglich Filme auf Englisch anzusehen und die Nachrichten von CNN und BBC einzuschalten. Ich versuchte es, aber alle meine Bemühungen waren vergebens. Wenn ich die Untertitel der Filme nicht las, verstand ich nur Bahnhof. Weder Richard Burtons verführerischer Schmelz noch der angeblich so gute Akzent Laurence Oliviers sagten mir etwas. Was Bogart betraf, so sank er durch seine quäkige Stimme, die ich natürlich auch nicht verstand, gewaltig in meiner Wertschätzung. Das tat mir leid, denn immerhin war er einer meiner Lieblingsschauspieler. Auch die Nachrichten auf Englisch gab ich bald wieder auf. Ich wäre sonst völlig in Unwissenheit über alles geblieben, was in der Welt geschah, oder schlimmer noch, ich hätte nicht gewusst, ob ich mir über Attentate, Unfälle und Naturkatastrophen Sorgen machen musste, weil sie sich in meiner Nähe ereigneten, oder ob ich nur von ferne die Opfer zu bedauern hatte. Bei aller Entmutigung tröstete ich mich damit, dass ich nach den Ferien alles verstehen würde, was mir die Nachrichtensprecher der beiden Kanäle mitteilen wollten, und dass ich die Stimmen meiner englischsprachigen Lieblingsschauspieler würde genießen können – mit Ausnahme Bogarts, den ich mir von nun an nur noch synchronisiert anhören wollte.

Die Hoffnung, jene sprachliche Kompetenz zu erlangen, die ich damals nicht besaß, stimmte mich erwartungsvoll und vielleicht sogar lebensfroher. Jennifer, die meine beste Freundin war, auch wenn wir uns außerhalb der Arbeit kaum sahen, sagte mir mit ihrem eigentümlichen englischen Humor, dass man zum Liebhaber einer Sprache werden könne und dass eine solche Affäre einen zweifellos positiv beeinflusse. Sie hatte recht. Wenn ich nur endlich wagte, Englisch zu sprechen – so dachte ich –, dann würde mein Selbstbewusstsein gestärkt, welches im Keller war, seit mein Mann mich vor nunmehr knapp sieben Jahren für einen Polizeihauptmann verlassen hatte, mit dem er sein *coming-out* gehabt hatte, nach Sitges gezogen war und ein Restaurant eröffnet hatte. Endlich würde ich mich wieder mit Begeisterung in meine Arbeit stürzen können. Sprach ich erst einmal Englisch, wäre alles viel leichter, und niemand könnte mir meinen Aufstieg vermasseln. Dann würde ich schließlich doch noch zur Chefassistentin für die Küstenregion, wo die meisten Kunden Ausländer sind.

Ihnen, der Sie Fremdsprachen sprechen, mag mein Interesse merkwürdig erscheinen. Wer weiß, vielleicht halten Sie mich für einen pathologischen Fall, eine Verrückte, getrieben von einem wahnhaften Rausch. Aber damit Sie merken, dass dem nicht so ist, dass es vielen Leuten ebenso ergeht wie mir, bitte ich Sie, im *El País* von Ende Juli einen Bericht zu suchen, den mir Jennifer wenige Tage vor meiner Abreise nach England ausschnitt. Darin stand, dass ein Unternehmer aus La Selva der katalanischen Landesregierung eine Million Euro vermacht hatte, die ausschließlich für den Englischunterricht von Jugendlichen in seiner Gemeinde verwendet werden sollte. So wollte er vermeiden, dass sie das Gleiche durchmachten wie er, denn trotz seines großen Vermögens, das er Auslandsinvestitionen zu verdanken hatte – anscheinend war auf vielen seiner Grundstücke in Venezuela Öl gefunden worden –, hatte es ihn stets zutiefst deprimiert, kein Englisch zu sprechen. Dieses Manko hatte sein Leben bestimmt, bis hin zu seinen testamentarischen Verfügungen. Und wenn es Joan Riera aus Santa Coloma des Farners so erging – der Name ist mir im Gedächtnis geblieben, weil ich in ihm eine verwandte Seele erahnte –, dann ging es sicherlich vielen anderen Menschen ebenso, auch wenn sie nicht in den Zeitungen erschienen und kein Vermögen gemacht hatten wie er.

Ich gab, wie gesagt, das englischsprachige Fernsehen und meinen Versuch, Filme in der Originalfassung zu sehen, auf und kramte stattdessen eifrig auf dem Dachboden nach den Englischlehrbüchern aus fernen Jugendzeiten, als ich ohne Ausdauer und – müßig zu sagen – ohne Erfolg versucht hatte, die Sprache zu lernen. Ich wollte wenigstens die wichtigsten Grundlagen wiedererlangen: vier Substantive, fünf Verben, sechs Pronomen. In einem Koffer fand ich die Bücher der Assimil-Methode mit den dazugehörigen Schallplatten, ein Fossil, das ich voller Nostalgie streichelte. Sie hatten meinem Vater gehört, der ebenfalls hatte Englisch lernen wollen und der sich jeden Oktober feierlich vornahm: »Dieses Jahr mache ich ernst. Dieses Jahr melde ich mich zu einem Englischkurs an.« Es wurde nie etwas daraus. Der Arme starb während der Regierungszeit Nixons, dessen Name das Einzige war, was er auf Englisch aussprechen konnte. Ich fand auch eine Grammatik, die ein wenig moderner war und die ich durchsah und verstand, da die Erklärungen auf Spanisch geschrieben waren. Aber als ich meiner Lehrerin mitteilte, ich würde eine englische Grammatik benutzen, die auf Spanisch verfasst war, schalt sie mich heftig aus. Wenn ich wirklich lernen wolle, müsse ich das direkt tun, ohne den Umweg über eine andere Sprache. Sie riet mir, ein einsprachiges englisches Wörterbuch zu kaufen, und das tat ich dann auch. Während der restlichen Osterfeiertage vertiefte ich mich in diesen Wälzer, tauchte in ihn ein, allerdings nicht wie in einen Swimmingpool, sondern eher wie in einen glitschigen Tümpel, denn die unverständlichen Wörter rissen mich ins Bodenlose. Nichts ist trauriger als ein unverständliches Wörterbuch.

Es rückt uns eine mögliche Welt in greifbare Nähe und macht sie uns zugleich unzugänglich. Von der Anstrengung dieses langen Wochenendes ermüdet, beschloss ich aufzugeben, ich konnte nicht so erschöpft, wie ich war, an die Arbeit zurückgehen.

Wieder schrieb ich an Mrs Grose, um ihr mitzuteilen, dass diese Methode mir nicht entspreche, und sie zu bitten, mir andere Möglichkeiten zu nennen, und erhielt die leicht spöttische Antwort: »Besorgen Sie sich in irgendeinem Trödelladen einen Plattenspieler und beginnen Sie mit *My tailor is rich, ›aber ich möchte nicht in seiner Haut stecken.*‹« Die angefügte Redensart überraschte mich. Ich wusste ja, dass die Assimil-Methode überholt war und dass ich mit ihr nicht weit kommen würde, aber es ärgerte mich, dass sich die Grose die Freiheit herausnahm, sich über dieses Familienheiligtum lustig zu machen. Andererseits konnte sie natürlich nicht ahnen, dass es ein Heiligtum war. Ich teilte es ihr mit, und das war das einzige Mal, dass die Antwort postwendend kam: Wenn ich glaubte, dass ihre Anweisungen nichts taugten, wenn ich kein Vertrauen in ihre pädagogischen Ansichten hätte, könne sie mir das Geld zurückerstatten. Sie würde einen anderen Kandidaten oder eine andere Kandidatin suchen, und damit hätte sich die Sache erledigt.

Entsetzt bat ich sie, das nicht zu tun. Ich glaube, ich flehte sie sogar an. Ich ertrug den Gedanken nicht, noch ein weiteres Jahr mit diesem Makel zu leben, und erst recht nicht die Enttäuschung, den August in Barcelona verbringen zu müssen. Meine Cousine, die wütend auf mich war, weil ich sie versetzt hatte, fuhr mit einer Freundin nach Island und wollte ganz gewiss nichts davon hören, dass ich mich ihnen anschloss. Und ich hatte keine Lust, an der erstbesten Pauschalreise teilzunehmen, bei der noch Plätze frei waren.

Erst jetzt wird mir klar, welch geschickte Meisterin der Psychologie Mrs Grose war. Sie ließ sich Zeit mit der Antwort, meldete sich erst nach einer Woche, dann allerdings, um mich zu beruhigen, ich solle mir keine Sorgen machen. Jeder Spracherwerb brauche nun mal seine Zeit, und ich sei momentan zu beschäftigt. Ich müsse ganz einfach bis August warten. Dann jedoch müsse ich mich verpflichten, ohne Wenn und Aber ihr Programm zu befolgen und komplett in die Sprache einzutauchen, was – und das sage sie mir gleich – hart werden würde. Dies sei nach ihrer Einschätzung und ihrer langen pädagogischen Erfahrung der einzige Weg, wenn ich bei meiner Rückkehr nach Barcelona wirklich einigermaßen fließend Englisch sprechen wolle. Ich müsse mich nur ein wenig gedulden.

Nicht einmal die schrecklichen, absurden und barbarischen Anschläge im Juli in London brachten meinen Entschluss ins Wanken. Allerdings kam es mir in jenen Tagen in den Sinn, Mrs Grose könne möglicherweise unter den Opfern sein. Zwar lag ihr Haus weit von London entfernt, aber wer weiß, ob sie nicht vielleicht dort gewesen war, um etwas zu erledigen, einzukaufen oder jemanden zu besuchen. Wenn dem so war, adieu Englisch! Ich schrieb ihr rasch, fragte, ob es ihr gut gehe, und drückte ihr mein Beileid zu dieser Tragödie aus. Auch wir in Katalonien seien erschüttert, nicht nur die Menschen in England.

Die E-Mail kam wieder zurück, wahrscheinlich, so dachte ich, weil der Server unter dem Ansturm von Nachrichten zusammengebrochen war. Genau wie ich wollten sich Angehörige und Freunde überall auf der Welt mit ihren Leuten in Verbindung setzen. Ein paar Tage später versuchte ich es noch einmal, und endlich hatte ich Erfolg. Zwei Wochen später schrieb mir die Grose, es gehe ihr gut, sie sei am 7. Juli nicht in London gewesen, obwohl sie an diesem Tag tatsächlich habe hinfahren wollen. Eine Magenverstimmung, welch glücklicher Zufall, habe sie daran gehindert. Normalerweise fahre sie dort mit der U-Bahn, und wer weiß, ob sie nicht unter den Opfern gewesen wäre, und dann hätte ich »*dagestanden wie ein begossener Pudel*«, wie sie es in einer dieser Redewendungen ausdrückte, die sie so gerne benutzte und die sie – wie sie mir später erzählte – von ihrem Exmann gelernt hatte, dem Sohn eines Internationalen Brigadisten, den sie 1964 bei ihrer ersten Spanienreise in Madrid kennengelernt haben wollte, die alte Lügnerin. In derselben E-Mail teilte sie mir mit, sie werde im Juli nicht zu Hause sein, werde aber von Zeit zu Zeit in irgendeinem Internetcafé ihre Mails abrufen. Das Internet hatte offensichtlich noch nicht Eingang in den Alltag ihrer in Irland lebenden Freundin Kathy McKing gefunden, bei der meine zukünftige Lehrerin den restlichen Juli verbringen wollte. Ende des Monats werde sie nach England zurückkehren, um alles für meine Ankunft vorzubereiten.

Ich bat sie um letzte Anweisungen, falls es mir aus irgendwelchen Gründen nicht gelingen sollte, mich vor meiner Abreise nach London mit ihr in Verbindung zu setzen. Ich fragte auch vorsichtig an, ob sie mir ihre Handynummer geben könne. Aber sie antwortete mir, sie habe gar kein Handy. Sie habe nie eines benutzt und wolle es auch weiterhin nicht tun. Ich wagte nicht, nach der Telefonnummer ihrer Freundin zu fragen, denn sie hatte mir nicht einmal ihre eigene Telefonnummer gegeben. Wohl zum Ausgleich für diese fehlende Information setzte sie alles daran, mir auch noch die unwichtigsten Details bezüglich meiner Anreise mitzuteilen: Von Heathrow nach London hinein könne ich entweder die *tube* nehmen, das sei am schnellsten, oder den *airbus*, der langsamer, aber vielleicht bequemer sei, weil man keine Treppen steigen müsse. Dazu schrieb sie, was die Tickets jeweils kosteten, wie lange Bus und U-Bahn brauchten, wie viele Haltestellen zwischen dem Flughafen und der Gloucester Road lagen und wo ich von der blauen in die grüne Linie umsteigen müsse, die mich zur Victoria Station bringe – falls ich mich für die U-Bahn entschiede und mein Geld nicht für ein Taxi ausgeben wolle, das vielleicht zu teuer sei. Sie fügte auch den Fahrplan des Zuges hinzu, den ich nehmen solle, die Preise für Fahrkarten erster und zweiter Klasse sowie die Namen der Ortschaften, die auf dem Weg nach Ledbury lagen, wo sie mich in Empfang nehmen werde. Der Bahnhof sei so klein, dass wir uns nicht verfehlen könnten. Dort werde sie auf mich warten, eine englische Grammatik in der Hand. Ich solle mir keine Sorgen wegen einer eventuellen Verspätung machen, sie werde so lange warten wie nötig. Zwischen den einzelnen Zügen werde sie sich die Zeit damit vertreiben, in Ledbury die nötigen Einkäufe und Besorgungen zu erledigen.

III

DIE FRAU, die auf mich zukam, als ich aus dem Zug stieg, und mich auf Englisch fragte, ob ich Laura Prats sei, hatte keine große Ähnlichkeit mit der Frau auf dem Foto. Zwar hatte auch sie ein rundes Gesicht, wie eine Kichererbse, aber mit ihrem wirren, weißen Haar und dem dunklen, durchdringenden Blick hinter einer Brille mit exotischem kürbisfarbenem Gestell sah sie ganz anders aus als auf ihrer Werbeseite im Internet. Auffälliger als ihr Gesicht jedoch war ihre Gestalt: Ihr breites Kreuz und der Bauch von der Form eines Punchingballs ließen sie fast wie ein Mann erscheinen. Auch ihre Stimme hatte ein maskulines Timbre. Sie war in einen unvorteilhaften Trainingsanzug von einem unbestimmten Graublau gekleidet und trug Sportschuhe. Vielleicht gehörte sie zu jenen Leuten, für die Kleidung einzig und allein dazu da war, ihre Blöße zu bedecken. Ich hingegen trug – obwohl ich beim Kofferpacken ihrem Rat gefolgt war und fast alles, was ich eingepackt hatte, *casual* war – einen Hosenanzug, den ich in einem Toni-Miró-Geschäft gekauft hatte, und die Perlenkette meiner Mutter, die mir Glück brachte oder zumindest bis dahin immer gebracht hatte. Ich dachte, es liege vielleicht an dieser Kleidung, dass ich keinen guten Eindruck auf sie machte, denn sie musterte mich von Kopf bis Fuß und sagte mir dann, sie habe eine völlig andere Vorstellung von mir gehabt, auf dem Foto sähe ich ganz anders aus, ... einfacher. Das alles sagte sie auf Englisch, und als sie sah, dass ich sie nicht verstand, übersetzte sie es ins Spanische. Nach diesem ersten Wortwechsel nahm sie meinen Koffer auf (der achtzehn Kilo und achthundert Gramm wog, wie ich beim Check-in bei British Airways am Flughafen von Barcelona festgestellt hatte) und trug ihn ganz allein, als wäre er federleicht. Wiederum auf Englisch fragte sie mich, ob ich eine gute Reise gehabt hätte und ob ich irgendwo einkehren wolle, bevor wir uns auf den Weg zu ihrem Haus machten. *Four Roses* lag eine Stunde Autofahrt von Ledbury entfernt, so glaubte ich zumindest zu verstehen. Ich antwortete ihr auf Spanisch, abgesehen von einer leichten Verspätung des Flugzeugs sei dank ihrer wirklich ausführlichen Anweisungen alles sehr gut gelaufen und ich sei nicht müde und hätte weder Hunger noch Durst. Wir könnten fahren, sobald sie wolle. Im Gänsemarsch gingen wir ein kurzes Stück durch die Bahnhofshalle bis zu ihrem Wagen, der auf der gegenüberliegenden Straßenseite stand. Sie ging voraus, ich hinterher, beeindruckt von ihrer Unförmigkeit. Jetzt verstand ich, warum sie es vermied, auf ihrer Webseite ihren ganzen Körper zu zeigen, denn vielleicht hätte das einige Leute abgeschreckt, vor allem mittelgroße oder kleine Männer.

Der Wagen war ein riesiger, alter, klappriger Jeep, der genau dem Stil seiner Besitzerin entsprach. Um mein Gepäck zu verstauen, musste sie den Kofferraum umpacken, in dem sich Gartengeräte und Windelpakete stapelten, was die Vermutung nahelegte, dass Mrs Grose unter Inkontinenz litt, einem Übel, an dem viele ältere Frauen leiden, vor allem übergewichtige. Ich kletterte in den Wagen, so gut es ging – ich bin eher klein und kurzbeinig –, wobei ich zu vermeiden suchte, dass Mrs Grose mich schieben musste, was mir peinlich gewesen wäre, und machte es mir an der Vorderkante des Sitzes bequem, nachdem ich festgestellt hatte, dass andernfalls meine Füße nicht auf den Boden reichten. Da der Anschnallgurt sich aus der Halterung gelöst hatte, legte ich ihn mir um wie ein Ehrenband. Besser so, dachte ich, da fühle ich mich weniger eingesperrt. Die Grose fragte mich: »*Are you ready?*« »*Yes*«, erwiderte ich, glücklich darüber, sie verstanden zu haben. Sie ließ den Motor an, und wir fuhren scheppernd und quietschend an.

Der Himmel, der über London noch trübe gewesen war, hatte sich allmählich aufgehellt, und obwohl es während der Zugfahrt eine Weile genieselt hatte, war kurz vor Ledbury die Sonne hervorgebrochen. Nun drang eine fahle Helle durch das Grün der Bäume. Ich hasse starkes Licht, vielleicht gefiel mir deshalb dieser schwache Schimmer, der alles einhüllte, so sehr. Ich nahm ihn als gutes Vorzeichen und fühlte mich glücklich, auf dem Weg zu meinem Ziel. Während sie über die beinahe leere Landstraße fuhr, redete Mrs Grose unablässig, als könnte ich sie schon verstehen. Ich bat sie, zumindest bis zum nächsten Tag freundlicherweise kein Englisch mit mir zu reden.

»Einverstanden«, sagte sie, »aber nur für heute. Von morgen an ist es strengstens verboten, auch nur ein Wort in einer anderen Sprache zu sagen. Wenn Sie sich nicht daran halten, werden Sie es bereuen.«

Ihr drohender Tonfall überraschte mich.

»*Thank you very much*«, brachte ich hervor. »Ich werde mich aus Leibeskräften bemühen, das verspreche ich Ihnen ...«

»Das will ich Ihnen auch geraten haben«, entgegnete sie mir spöttisch und stieß ein wildes, sarkastisches Lachen aus, bei dem ihre Eck- und Backenzähne sichtbar wurden, die, wie ich gleich bemerkte, von zweifelhafter Farbe waren. Vielleicht ist es eine Berufskrankheit, dass ich bei der ersten

Begegnung immer auf das Gebiss der Leute achte; als junges Mädchen habe ich als Zahnarzthelferin gearbeitet.

Obwohl der Wagen eine Schrottmühle war, fuhr er sehr schnell. Auf dem Tachometer sah ich, dass wir zu schnell waren, schneller als die angegebene Höchstgeschwindigkeit auf einem Verkehrsschild, an dem wir gerade vorübergerast waren. Das gefiel mir ebenso wenig wie die Tatsache, dass wir links fuhren. Ich war zwar schon ein paar Mal in England gewesen, doch jetzt wurde mir klar, dass es mir nicht leichtfallen würde, mich an die Gebräuche des Landes zu gewöhnen. Als hätte sie meine Gedanken erraten, sagte mir Mrs Grose, sie fahre so schnell, weil es weiter vorn, dort, wo sie die Landstraße verlassen und den nicht asphaltierten Weg zu ihrem Haus einschlagen werde, nicht mehr möglich sei. Sie warnte mich vor, wir würden durch einen fast unberührten Landstrich voller Wälder und Senken kommen, in dem kaum ein Auto unterwegs sei. Tatsächlich begegneten wir auf der ganzen Strecke keinem anderen Wagen und sahen kaum jemanden. Die einzigen Gebäude weit und breit schienen keine Wohnhäuser, sondern Ställe, Schweinekoben oder Jagdhütten zu sein. Als die Landschaft lieblicher wurde, sah ich ein paar Schafhirten, Anzeichen dafür, dass Menschen nicht allzu fern waren. Aber bald wurde die Vegetation wieder dichter, und mitten in einem Waldgebiet erschien ein verlassenes, halb zerfallenes Dorf. Das Einzige, was einigermaßen erhalten schien, waren die kleine Kirche und ein paar Gräber auf dem Friedhof. Wir fuhren so dicht daran vorbei, dass wir beinahe die bröckelnden Mauern streiften.

»Ein guter Ort für Gespenster«, sagte Mrs Grose und drückte auf die Hupe. »Für alle Fälle mache ich Lärm, um sie zu verscheuchen, und auch, um Jeremy zu grüßen, der oft hier ist; vor allem im Sommer lebt er gerne auf dem

Friedhof. Manchmal kommt er zu mir und bringt den Garten in Ordnung, um sich ein paar Pfund zu verdienen. Er ist harmlos, ein bisschen zurückgeblieben, das schon, und ein alter Säufer. Der Arme! Aber nur, wenn er voll ist, schreit er herum und bedroht alles und jeden, am liebsten die Regierung von Mrs Thatcher, und das zu Recht. Früher war er Minenarbeiter ...«

Ich weiß nicht, ob ich bei ihren Worten ein ängstliches Gesicht zog, auf jeden Fall schien sie zu erraten, dass mir der Gedanke an mögliche Besuche Jeremys unangenehm war.

»Sie sind doch nicht etwa ein Angsthase? Ich habe Ihnen ja schon gesagt, dass das Haus einsam mitten im Wald liegt. Vielleicht hätte ich Ihnen noch deutlicher machen sollen, dass wir alleine leben werden, Sie und ich, fern vom Lärm der Welt – *del mundial ruido*, wie man auf Spanisch sagt oder wie jedenfalls mein Ex zu sagen pflegte, der Idiot.«

Es überraschte mich, dass Mrs Grose sich einer Unbekannten wie mir gegenüber so über ihren Exmann äußerte, mochte er auch noch so ein großer Idiot gewesen sein.

»Er war ein solcher Idiot, ein solcher Windbeutel«, fuhr sie fort, »dass er sein Gebiss herausnahm und es zusammen mit dem Portemonnaie, dem Handy und der Uhr am Flughafen zum Durchleuchten abgab. Stellen Sie sich vor, meine Liebe, wie peinlich mir das war. Sie tragen wohl kein Gebiss, oder?«

»Nein, nur eine Krone.« Ich fühlte mich verpflichtet, die Wahrheit zu sagen, war aber erstaunt über diese direkte, ungewöhnliche Frage, die mir noch nie jemand gestellt hatte. »Sie ist das Teuerste, was ich an mir trage«, fügte ich hinzu, »sie hat mich über sechstausend Euro gekostet.«

»Das macht nichts. Wissen Sie, ich ertrage nämlich keine Leute mit Gebiss. Ich ertrage sie einfach nicht. Sie machen beim Essen ein so ekelhaftes Geräusch, und dann schieben sie das Gebiss auch noch hin und her ... nein, nein und nochmals nein! Das muss ich noch in den Fragebogen aufnehmen. Mein Ex, dieser Idiot, hat es überall herumliegen lassen. Eine Sauerei war das! Auf dem Tisch nach dem Mittagessen, im Bad ... Widerlich. Aber er ist nicht mehr da. Er ist gegangen, und ich glaube nicht, dass er mich noch mal behelligt, vor allem jetzt, da er weiß, dass ich nicht allein bin, dass ich Besuch habe, dass Sie gekommen sind ... Jetzt wird er es nicht mehr wagen, mich zu bedrohen und zu beleidigen ...«

In diesem Augenblick wurde mir zum ersten Mal bewusst, dass ich vielleicht in der Patsche saß. Dass es nur jemandem, der so idiotisch war wie der Exmann meiner Lehrerin – oder noch dümmer, so wie ich –, einfallen konnte, dieses Kursangebot anzunehmen, ohne mehr darüber zu wissen als das, was sie mir gesagt hatte, ohne die Vermittlung einer Institution oder Schule. Wer garantierte mir, dass Mrs Grose nicht verrückt war? Und selbst wenn sie es nicht war, schien sie doch so merkwürdig zu sein, dass der Umgang mit ihr schwierig werden konnte. Mein Exmann ist auch ein ziemlicher Idiot, aber ich brächte es nicht übers Herz, so über ihn zu reden, wie Mrs Grose gerade einer Fremden gegenüber von ihrem Exmann gesprochen hatte. Trotzdem fragte ich sie, warum er sie belästige. Sie entgegnete, er sei einer dieser Männer, die einfach nicht allein sein könnten, und könne nicht akzeptieren, dass sie sich von ihm getrennt habe. Er sei eifersüchtig, und deshalb misshandele er sie. Ich wagte nicht weiterzufragen.

Ich war unruhig und verängstigt, vor allem bei dem Gedanken an die beiden Besucher, die laut Mrs Grose jederzeit vorbeikommen konnten. Wenn wir tatsächlich allein und abgeschieden lebten, wäre es nicht sehr angenehm, mit dem versoffenen Jeremy zu verkehren oder mitzuerleben, wie sich die Grose mit ihrem idiotischen Ehemann herumstritt, mit Gebiss oder ohne. Ich beruhigte mich jedoch, als ich bei unserer Ankunft die Hunde sah. Es waren zwei schwarze Mastiffs und ein brauner Cockerspaniel, die voller Freude auf Mrs Grose zustürzten und mich beschnupperten. Ich nehme an, sie erklärte ihnen, wer ich sei, denn ich glaubte, aus ihren Worten meinen Namen herauszuhören. Sie sprach in einem ganz besonderen Tonfall mit ihnen, als wären sie kleine Kinder, deren Geplapper sie nachzuahmen suchte.

»Sie tun nichts«, sagte sie zu mir, »das sehen Sie ja, es sei denn, ich befehle ihnen anzugreifen. Sie sind gute Wachhunde, und das gibt mir Sicherheit. Er hat sie mir geschenkt.«

Ich nahm an, sie meine den Idioten, aber dieses Mal bedachte sie ihn nicht mit diesem Schimpfnamen.

»Na, meine süßen Hundchen, seid ihr auch schön brav und hört auf Mami?«, fragte sie, wieder in diesem besonderen Tonfall, diesmal aber auf Spanisch, damit ich sie verstand.

Die Hunde wedelten zustimmend, wie es schien, mit dem Schwanz. Ich sah, dass die Grose viel entspannter war, als sie am Steuer gewirkt hatte. Vielleicht machte Autofahren sie nervös.

Der Ort lag in vollkommener Stille; er war wirklich traumhaft. Die Fotos hatten nicht übertrieben, und waren sie mir schon großartig erschienen, so war die Wirklichkeit noch großartiger. Das Haus war von einem ausgedehnten, ein wenig verwilderten englischen Garten umgeben, in dem überall Hortensien und vier verschiedene Rosensorten wuchsen. Vielleicht wurde das Haus deshalb *Four Roses* genannt. Das Erdgeschoss war von einem Säulengang umgeben, und im ersten und zweiten Stock zählte ich je sechs Balkone, drei auf jeder Seite. Draußen roch es nach feuchter Erde und Land. Drinnen roch es sauber. Mein Zimmer – Mrs Grose bestand darauf, mir den Koffer nach oben zu tragen – war tatsächlich das Zimmer, das ich auf dem Foto gesehen hatte. Es war riesig und behaglich, hatte ein Bad, das offenbar erst kürzlich eingebaut worden war, und einen begehbaren Kleiderschrank, der wie eine eigene kleine Kammer war. Der Balkon, der direkt über dem Säulengang lag, ging zur Vorderseite hinaus. Der Blick war wunderschön. Das Grün des Gartens ging in das Grün des Waldes über, der das Grundstück umgab. Die sanften Farben beruhigten meine Nerven. Ich fühlte mich im Einklang mit der Landschaft. Auch mein Hosenanzug war zartgrün, pappelgrün.

Mrs Grose ließ mich allein, damit ich nach Belieben auspacken, mich umziehen und mich ausruhen konnte. Wenn ich wollte, würde sie mir dann das übrige Haus zeigen. Ich hängte meine Kleider auf, füllte die Schubladen, duschte und ging daraufhin mit dem leeren Koffer ins Erdgeschoss hinunter, um ihn Mrs Grose zur Aufbewahrung zu geben, wie sie gesagt hatte, und diesen Palast zu besichtigen. Durch meine Arbeit bei der Immobilienfirma habe ich schon Häuser aller Art gesehen: Luxusvillen mit Billardsälen, festungsartige Landhäuser mit Kapellen, Ställen und Geheimgängen, Jugendstilhäuser, die Millionen kosten und für Leute gemacht sind, die sich statt Hunden Schlangen halten, wahre »Herrenhäuser« – wie wir sie bei der Arbeit nennen –, aber noch nie hatte ich ein Haus wie dieses betreten. Es war wirklich ein kleiner Palast mit fünfzehn Schlafzimmern, fünf Salons, dazu Spiel- und Musikzimmer, Bibliothek und so weiter. Vielleicht hätte es einen neuen Anstrich vertragen können, auch waren die Bäder nicht die modernsten, aber es war »bezugsfertig«, wie wir in unseren Anzeigen schrieben, zumindest das Erdgeschoss und das Stockwerk, das ich bewohnte. Der zweite Stock, in dem Mrs Groses Zimmer lag – sie zeigte es mir nicht, sie sagte, es sei nicht aufgeräumt –, schien weniger gut erhalten zu sein, aber ich bekam ihn kaum zu Gesicht. Die Grose zeigte mir nur ein Kinderzimmer, in dem eine Spielzeugeisenbahn mit Schienen, Lok und Waggons aufgebaut war.

»Wenn Sie möchten, können wir sie fahren lassen«, sagte sie lachend zu mir, führte mich aber dann doch recht hastig weiter in den dritten Stock. Dort durfte ich alle Zimmer betreten; ja, sie bestand sogar darauf, mir eines zu öffnen, das seit Langem verschlossen und voller Staub und Spinnweben war, um mir die Aussicht zu zeigen. Ihr Kampf mit den Fensterriegeln und den verzogenen Rahmen bewies mir einmal mehr, wie viel Kraft sie hatte. Ich dankte ihr für ihre Hartnäckigkeit, denn von dort oben war die Aussicht in der Tat noch schöner.

Den Rest des Hauses sowie Dachboden und Keller enthielt sie mir vor, was mich in keiner Weise beunruhigt hätte, hätte die Grose nicht darauf bestanden, dass ich dort nichts zu suchen habe. Sie schürte meinen Verdacht, dass das Haus seine Geheimnisse habe, wobei sie besonderen Nachdruck auf den Plural legte. Nicht nur sei, so erzählte sie mir, im achtzehnten Jahrhundert im ersten Stock, genauer gesagt, in meinem Zimmer, ein aufsehenerregendes Verbrechen verübt worden: Jemand habe der jungen Gattin von Lord Havelant die Kehle aufgeschlitzt, woraufhin der Stiefsohn der Tat bezichtigt und gehenkt worden sei, obwohl ihm offenbar nichts nachgewiesen werden konnte. Auch habe in den fünfziger Jahren des zwanzigsten Jahrhunderts in der Bibliothek eine Sitzung der Spiritistischen Gesellschaft stattgefunden, der Lord Thames angehörte, der Mann der Tante, von der sie das Haus geerbt habe. Die Spiritisten hielten diesen Ort für besonders geeignet für die Verbindung zu Personen aus dem Jenseits. Auch wenn sie eigentlich nicht an diese Dinge glaube, achte sie sie sehr wohl.

»Haben Sie den Wunsch, Verbindung zu einem verstorbenen Verwandten oder Freund aufzunehmen?«, fragte sie mich plötzlich mit ernster Miene.

»Nein«, erwiderte ich, »ich möchte bloß Englisch lernen.«

»Vielleicht könnten die Geister Ihnen das besser beibringen als ich«, antwortete sie und lachte laut, wobei sie den Mund so weit aufriss, dass ich wieder ihre Backen- und Eckzähne sehen konnte, die von der gleichen Farbe waren wie die Zähne eines alten Hundes.

Ich antwortete nicht. Mir war unbehaglich zumute. Machte sie sich über mich lustig? Wollte sie mir Angst einjagen?

»Sie haben doch nicht etwa Angst?«, fragte sie mich wieder, als könnte sie meine Gedanken lesen. »Ich will Sie nicht erschrecken, Miss Prats.« Sie legte eine gewisse Ironie in das »Miss Prats«, vielleicht, weil ich sie Mrs Grose nannte.

»Nein«, antwortete ich. »Vor den Toten fürchte ich mich nicht. Nein«, beharrte ich, aber das war gelogen, denn ich fand das Ganze gar nicht komisch.

»Keine Sorge«, sagte sie versöhnlich. »Niemand ist vollkommen. Außerdem haben die Geheimnisse viele Vorteile. Sie machen einen nachdenklich. Das glauben Sie nicht? Sie haben – wie soll ich sagen – etwas ganz Eigenes. Außerdem haben sie für Sie noch einen weiteren Vorteil, finden Sie nicht? So haben Sie noch mehr zu erzählen, wenn Sie nach Hause kommen. Auf Englisch natürlich …«

Ich weiß nicht, weshalb ich plötzlich darauf kam, sie zu

fragen, wie man einen solchen Kasten sauber halte, wer fürs Putzen zuständig sei und wer ihr in diesem großen Haus zur Hand gehe. Es war kaum vorstellbar, dass sie kein Dienstpersonal hatte, aber niemand hatte uns die Tür geöffnet.

»Eine gute Assoziation«, sagte sie. »Sie haben wohl gleich an *Rebecca* oder *Jane Eyre* gedacht, nicht wahr? Eine gute Haushälterin käme mir sehr gelegen! Aber leider putze ich, auch wenn mir Mary Dolson dabei hilft. Sie hat meine Tante gepflegt, als diese krank war, und im Winter lebt sie hier, aber nun ist sie im Urlaub. Jeden Samstag kommen zwei Schwestern, die Johnsons aus Blend Round, einem Weiler einige Meilen von hier. Manchmal hilft ihnen Jeremy, wenn er nicht zu betrunken ist, beim Hausputz. Eben weil ich keine Dienstboten habe, muss ich Sie bitten, Ihr Bett zu machen und Ihre Wäsche selbst zu waschen. Die Waschmaschine steht im Keller, neben dem Maschinenraum. Ich zeige sie Ihnen später. Jetzt gehen wir runter zum Tee, kommen Sie.«

Sie führte mich über eine Holztreppe, die unter ihrem Gewicht knarrte. Die Wände im Erdgeschoss schmückten Porträts der Vorfahren von Lord Thames, wie ich annahm, ernste Menschen mit betretenen Mienen, und Bilder von Landschaften, durch die Reiter preschten. Die Möbel waren alt und ehrwürdig. In kunstvoll gearbeiteten Vasen standen vertrocknete Blumen, und eine große Sammlung von Zinnsoldaten füllte mehrere Vitrinen, ein Steckenpferd von Lord Thames, das seine Frau nach seinem Tod in den sechziger Jahren fortgeführt hatte. Es war eine wertvolle Sammlung, und Mrs Grose würde nichts anderes übrig bleiben, als sie zu verkaufen, wenn sie das Anwesen erhalten und erneuern wollte.

Wie sie mir da im Erdgeschoss die Schätze ihres Hauses zeigte, kam Mrs Grose mir anders vor, weniger wie ein

Dragoner, obwohl dieser Wesenszug in England ja vielleicht viele Menschen auszeichnet. Inmitten dieser Möbel wirkte sie fast aristokratisch, auch wenn ich nicht weiß, ob das in dem Land mit der abgeschmacktesten Monarchie der Welt als positives Urteil gelten kann.

In der Bibliothek, in der – wie sie betonte – sogar einige Inkunabeln und äußerst wertvolle Buchausgaben zu finden waren, servierte sie mir Tee und köstliche Kanapees und entschuldigte sich für die Verspätung. Sie war der Ansicht, Pünktlichkeit sei eine unverzichtbare persönliche Tugend. Von nun an würden wir jeden Nachmittag um *five o'clock* Tee trinken. Meine Uhr zeigte sechs; es war Montag, der 1. August 2005, der erste Tag meines Englischkurses. Was immer mir im Leben an Gutem oder Schlechtem noch widerfahren mag: Ich glaube, diesen Tag werde ich nie vergessen.

IV

WÄHREND DER ERSTEN TAGE verlief der Unterricht völlig normal. Die Eintönigkeit des unerbittlich festgelegten Stundenplans (von neun bis zehn Grammatik, von zehn bis elf Übungen, von elf bis zwölf Konversation, danach Pause für den *lunch* – der selbstverständlich auf Englisch serviert und eingenommen wurde –, von eins bis zwei stilles Lesen, von zwei bis drei Vorlesen – für diesen Teil brauchten wir wegen meines schrecklichen Akzents und meiner katastrophalen Aussprache manchmal mehr als eine Stunde –, von drei bis vier Übungen, von vier bis fünf Korrigieren. Pünktlich um fünf gab es Tee. Von sechs bis sieben allgemeine Wiederholung des Unterrichtsstoffes dieses Tags) hätte jeden in die Knie gezwungen, der nicht über mein ehernes Interesse verfügte.

Um der Wahrheit die Ehre zu geben, muss ich allerdings klar und unmissverständlich sagen, dass Mrs Grose eine ausgezeichnete Lehrerin war. Sie drückte sich deutlich und leicht verständlich aus, natürlich auf Englisch, und sprach nach Möglichkeit in kurzen Sätzen – genaue Vorlagen nannte sie das –, in denen sie nur Wörter benutzte, die ich bereits aus vorhergehenden Lektionen kannte. Ich glaube, sie verfügte wirklich über große Erfahrung auf diesem Gebiet, und tatsächlich verdanke ich ihr die Grundlagen, auf denen ich in den letzten drei Monaten habe aufbauen können, obwohl mich mein Verlangen, Englisch zu lernen, teuer zu stehen gekommen ist, teurer als alles in meinem Leben, teurer, als ich mir je hätte träumen lassen.

Ich selbst habe nie unterrichtet, aber ich kann mir gut vorstellen, wie langweilig es sein muss, unzählige Male dasselbe zu wiederholen, so wie sie es mit mir tat, mit engelsgleicher Geduld, da ich hartnäckig an den falschen, bruchstückhaften Kenntnissen früherer Zeiten festhielt und in Fragesätzen mit *sein* zum Beispiel das Hilfsverb *do* verwendete oder einen Satz nicht in der Reihenfolge begann, die die strikte Disziplin der englischen Grammatik erforderte. Das brachte Mrs Grose jedes Mal zur Raserei und machte mich schrecklich nervös. Was war denn so schlimm daran, die Reihenfolge nicht einzuhalten, wenn Prädikat, Subjekt und Objekt im Satz nebeneinander standen? Was für einen Unterschied machte es schon, ob ich sagte *The dog followed the cat* oder *Followed the dog the cat*, wenn beides das Gleiche bedeutete, nämlich, dass der Hund die Katze verfolgte? Diesen Beispielsatz wiederholte sie mir an die fünfzigtausend Mal, um mich in aller Strenge darauf hinzuweisen, dass im Englischen in Aussagesätzen und verneinenden Sätzen das Subjekt immer, wirklich immer vor dem Verb stehe und dass dies im Gespräch dem Verständnis und dem respektvollen Umgang miteinander dienlich sei, ebenso wie die strikt festgelegte Reihenfolge der Adjektive. Zuerst kommt das Urteil, dann die Größe, dann die Form, dann die Farbe, dann die Herkunft und zuletzt das Material. *Beautiful, small, round, yellow, Italian, gold*, sagte sie wieder und wieder, bemüht, mir einfache Merkwörter einzutrichtern, die mir als Eselsbrücke dienen konnten. Schön, klein, rund, gelb, italienisch, aus Gold. Urteil, Größe, Form, Farbe, Herkunft, Material. Aber das Beispiel war nicht nach Mrs Groses Geschmack, und so suchte sie nach einem einleuchtenderen und wirklichkeitsnäheren. Seit wann war Gold italienisch? Schließlich ließ sie mich aufsagen: *They're friendly, big, black dogs.* Ein einfacher Satz: Ich brauchte bloß ihre Hunde anzusehen. Sie sind freundliche große schwarze Hunde. Warum nicht: Sie sind große, freundliche, schwarze Hunde? Oder besser noch: Schwarze Hunde, groß und freundlich?

Ich kam mir lächerlich vor, als ich ein ums andere Mal den Satz über die Hunde wiederholte. Wahrscheinlich war es spaßig gemeint, wenn die Grose bellte – wau, wau, wau –, sobald sie den Eindruck hatte, meine Aussprache sei besser geworden, aber ich fühlte mich auf den Arm genommen.

Auch hatte ich das Gefühl, sie wolle sich über mich lustig machen, wenn sie mich Wörter mal schnell, mal langsam wiederholen und dann buchstabieren ließ – eine sehr englische Sitte, wie sie sagte, und aufgrund der Ähnlichkeit der Laute unbedingt erforderlich.

Ich versuchte, gute Miene zum bösen Spiel zu machen, aber ich bin mir sicher, dass mir meine schlecht verhohlene Wut anzusehen war. Ich muss gestehen, ich hätte sie gerne erwürgt, vor allem, wenn sie mich als Lügnerin bezeichnete. Laut Mrs Grose log ich ständig, und das war inakzeptabel. *»It's not true«*, sagte sie immer wieder aufgebracht, wenn auch um Höflichkeit bemüht. Wieso beantwortete ich ihre Fragen nicht wahrheitsgemäß? Es regte sie auf, wenn ich auf ihre Frage *»How old are you?«* das Erstbeste entgegnete, was mir in den Sinn kam: *»I'm seventy years old.« »No way! You're forty-nine years old!«*, sagte sie. *»I'm twelve years old«*, fuhr ich fort. Warum war ihr das so wichtig?

»Where are you from?«, fragte sie mich als Nächstes. *»I'm from Japan«*, antwortete ich oder *»I'm from Australia«*. Ich tat es absichtlich, um sie zu provozieren, weil ich nicht verstand, was so schlimm daran war, spontan irgendetwas zu antworten, solange die Antwort grammatikalisch korrekt

war. Was den Lernerfolg betraf, war es doch völlig egal, ob ich in Japan oder Australien geboren war, ob ich siebzig war oder zwölf, ob ich Konzertgeigerin oder Albino war statt einer neunundvierzigjährigen Katalanin mit braunem Haar, die als Immobilienmaklerin arbeitete ...

Als ich merkte, dass die Grose wütend wurde, versuchte ich, meine Antworten ein wenig realistischer zu gestalten, log aber weiterhin aus reinem Vergnügen. Die Verhöre, denen sie mich in jener ersten Woche zu Sprachübungszwecken unterzog, erinnerten mich bald an Polizeiverhöre, und vielleicht vermied ich es deshalb, sooft ich konnte, die Wahrheit zu sagen, aus einem atavistischen Reflex heraus, der noch aus der Francozeit herrühren mochte. Aber sie schien es zu bemerken und widersprach mir oft energisch: »Nein und nochmals nein. Das stimmt nicht. Sie sind nie am Südpol gewesen. Und Sie waren auch nicht dreimal verheiratet. *It's not true!*«, wiederholte sie unermüdlich, zornig, und schlug mit ihren kräftigen Bauernpranken auf den Tisch, wobei sie mich ansah, als wünschte sie mich zur Hölle.

Aber abgesehen von diesen Zornesausbrüchen – teils hervorgerufen durch mein schlechtes Gehör und meine so offensichtlich mangelnde Sprachbegabung, teils aber, wie gesagt, auch durch mein vorsätzliches Lügen – verhielt Mrs Grose sich mir gegenüber korrekt, ja geradezu freundlich. Sie fragte, ob mir das Essen schmecke und ob ich gut schlafe. Letzteres schien sie sehr zu beschäftigen, denn sie bot mir sogar eine Auswahl an Kissen an, so wie in einigen Luxushotels.

Was das *bed and breakfast* betraf – gleich am ersten Tag hatte sie mir anvertraut, sie wolle aus ihrem Haus ein Landhotel machen, sobald sie die Umbaugenehmigung erhalte und einen Geschäftspartner finde, der sich an einem Projekt dieser Größenordnung beteiligen wolle –, so hatte ich keinen Grund zur Klage. Die Mahlzeiten, die ich unter ihren prüfenden Blicken zu mir nahm – Roastbeef, Salate, ab und an eine Gemüsesuppe, *cakes*, Marmelade, die Mary Dolson gekocht hatte –, waren einfallslos, aber reichlich und, mit Ausnahme des Desserts aus heißen Pfirsichen, völlig passabel. Mein Zimmer hingegen war das gemütlichste Zimmer, das ich je bewohnt hatte, und die ersten Tage schlief ich sehr gut darin. Es war vollkommen ruhig, und die Geister, von denen Mrs Grose mir berichtet hatte, mussten verreist sein, denn nie hörte ich von ihnen auch nur das kleinste Geräusch, keine knarrenden Möbel und keine Schritte im Morgengrauen, der eigentlichen Geisterstunde nach Meinung der Fachleute. Meine Unruhe, die unterschwellige Angst, die Mrs Grose mit ihren Anspielungen auf die Geheimnisse des Hauses am ersten Tag in mir geweckt hatte, waren wie weggeblasen, als ich feststellte, dass die Tür meines Zimmers zwar kein Schloss besaß, sich aber von innen mit einem großen Riegel verschließen ließ. Und ich fürchtete, wie gesagt, die Lebenden – Jeremy oder den Idioten von Ehemann – sehr viel mehr als die Toten.

Auch das Verbrechen, das sich in meinem Zimmer ereignet hatte, konnte mir nicht den Schlaf rauben, dem ich, ehrlich gesagt, mit Pillen nachhalf. Vielleicht schlief ich deshalb vom Tag meiner Ankunft bis zum Donnerstag jede Nacht acht Stunden und erholte mich, glaube ich, sogar von der Müdigkeit der vorangegangenen Wochen. Was mir allerdings nach diesem vierten August widerfuhr, steht, wie Mrs Grose ihren Ehemann zitieren würde, *auf einem ganz anderen Blatt.*

Aber lassen Sie mich der Reihe nach berichten. An diesem Donnerstag teilte meine Lehrerin mir mit, dass sie mich jeden Freitag einer Prüfung unterziehen werde. Je nachdem, wie ich abschnitt, würde ich am Wochenende verreisen dürfen oder nicht. Sie hatte nicht vergessen, dass ich den Ausflug zur *Sturmhöhe* im Voraus bezahlt hatte, und auch nicht, dass ich ihr während des Lunchs einmal, so gut ich es auf Englisch vermochte, von meinem Wunsch erzählt hatte, nach London zu fahren, um dort auf den Trödelmärkten herumzustöbern, die samstags in verschiedenen Stadtteilen abgehalten werden. Ich sammle mit Leidenschaft Blechdosen und war sicher, in der Brick Lane oder auf dem Piccadilly Market an der Saint James' Church ein paar Schnäppchen machen zu können. Mrs Groses Vorbedingung erschien mir ein wenig übertrieben, aber ich hielt sie für einen Scherz und fühlte mich an meine Schulzeit bei den Nonnen erinnert, als mangelnder Fleiß mit Nachsitzen bestraft und Strebsamkeit belohnt wurde. In meiner Schule durften nämlich nur die besten Schülerinnen am Sonntagsausflug teilnehmen, der einmal vierteljährlich stattfand, und ich schaffte es in meiner ganzen Schulzeit nicht ein einziges Mal, dabei zu sein. Ich habe nie gern gebüffelt, nicht nur jetzt, als Erwachsene; ich habe von klein auf ein schlechtes Gedächtnis gehabt. Deshalb musste ich mich gewaltig anstrengen, um mit Mrs Grose Schritt zu halten. Sie hingegen behauptete, die Geschwindigkeit, mit der sie vorging, sei völlig normal, gedacht für durchschnittlich intelligente Personen. Als ich mich am Freitag der ersten Woche beschwerte, die Prüfung sei zu schwer, behauptete sie, ich hätte ihr vorgeworfen, dass sie mich quäle. Dieser Diskussion war ein erbitterter Streit vorausgegangen, der schon am Vortag begonnen hatte. Am Donnerstagnachmittag nämlich war etwas geschehen, was unser Verhältnis trübte.

In ihrer unerschütterlichen Entschlossenheit, mir auch nicht ein Wort in einer anderen Sprache als Englisch durchgehen zu lassen, hatte Mrs Grose mir mein Handy weggenommen. Sie bezichtigte mich des Verrats, weil sie gehört hatte, wie ich am Nachmittag, als ich mir während einer der wenigen Atempausen, die wir uns gönnten, im Garten ein wenig die Beine vertrat, am Telefon katalanisch sprach. Tatsächlich hatte ich Jennifer angerufen, um ihr von meinen Fortschritten zu berichten und ihr noch einmal dafür zu danken, dass sie mir geholfen hatte, diesen Intensivkurs zu finden. Ich versuchte, optimistisch zu klingen, und beteuerte, sowohl Mrs Grose als auch der Ort seien fantastisch, ich sei glücklich und sicher, dass ich mich bei meiner Rückkehr im September nicht länger würde schämen müssen, kein Englisch zu können. Jennifer, die sich in Alicante mit ihrem Mann, ihren zwei Kindern und ihrer Schwiegermutter ein vierzig Quadratmeter großes Ferienapartment teilte, versicherte mir, wie sehr sie mich beneidete. Bei ihr war es heiß, das Meer war völlig verdreckt, der Strand brechend voll, die Kinder waren unerträglich, die Schwiegermutter ging ihr auf die Nerven, und ihr Mann war faul und bequem wie immer. Ach, spräche sie doch kein Englisch, dann hätte sie mit mir kommen und sich diesen großartigen Sommerurlaub sparen können! Arme Jennifer. Aber ich will nicht weiter abschweifen, sondern Ihnen weiter berichten. Ich hatte also gerade mit Jennifer gesprochen, als die Grose auf mich zukam: »*Would you please give me your cell phone?*«

Ich nahm an, sie wolle sich mein Handy ansehen oder es ausleihen, um jemanden anzurufen. Sie hatte mir ja erzählt, dass sie kein Handy besaß, und auch wenn sie das Internet benutzte, tat sie das immer außer Haus, in einem Internetcafé in Ledbury … Sie schien tatsächlich wenig interessiert an den Erfindungen der Moderne. Sie hatte mir sogar erzählt, in *Four Roses* gebe es nicht einmal ein Telefon. Das erschien mir sehr verwunderlich und angesichts der abgeschiedenen Lage so gefährlich, dass ich es gar nicht recht glauben mochte. Ich vermutete, dass der Apparat in ihrem Zimmer stand, in das sie mich nie hineingelassen hatte, vielleicht aus Angst, ich könne es ausnutzen und umsonst nach Barcelona telefonieren.

»*Thank you*«, sagte sie und ließ mein kleines Nokia in der Tasche ihres schmuddeligen Kittels verschwinden. »*I will give it back to you when you return to Spain at the end of the course.*«

Anfangs hielt ich die Konfiszierung des Handys für einen Scherz, ich dachte, die Grose wolle Internatsleiterin spielen und habe mir die Rolle der aufsässigen Schülerin zugedacht. Aber das Ganze war viel ernster. Bevor ich in mein Zimmer ging, um zu lernen – ein ganzer Haufen unregelmäßiger Verben, die Körperteile, die Wochentage, die Monate und Jahreszeiten, die Zeitadverbien und die Konjunktionen warteten schon ungeduldig auf mich ... mein Gott, und dieses grammatikalische Durcheinander sollte ich mit ins Bett nehmen! –, bat ich sie, mir das Handy zurückzugeben.

»Falls die Geister kommen«, sagte ich ihr auf Spanisch, »und ich um Hilfe rufen muss.«

Die Grose lachte, wobei sie provozierend, fast aggressiv den Mund aufriss, sodass man ihre Zähne sah.

»Es gibt keine Geister«, sagte sie auf Englisch, »sie existieren nicht, wenn wir nicht an sie glauben. Sie wissen doch, was ich meine, nicht wahr? Sie glauben nicht daran.« Sie sprach auf Spanisch weiter, um sicherzugehen, dass ich sie verstand. »Das Einzige, was zählt, sind die Gespenster, die jeder von uns mit sich herumträgt. Das sind manchmal die schlimmsten«, fügte sie höhnisch hinzu. »Glauben Sie nicht, Fräulein Prats?«

»*Yes*«, antwortete ich. »*It's true. You are right.*«

»Sehen Sie? Sie haben in nur einer Woche große Fortschritte gemacht. Wenn Sie morgen die Prüfung bestehen, werden wir weitersehen ... Vielleicht gebe ich Ihnen dann Ihr Handy zurück. Aber ich will kein Wort in einer anderen Sprache mehr hören.«

»*Please, please, Mrs Grose*«, bettelte ich.

Ich fühlte mich nicht nur lächerlich, sondern erniedrigt. Die Grose hatte es fertiggebracht, meine Selbstachtung in ungeahnte Tiefen sacken zu lassen, und obendrein nahm sie sich heraus, mich wie einen Trottel zu behandeln. Mein Handy war für mich – wie für viele andere Leute auch – so etwas wie ein zusätzliches Organ, ein Teil meiner selbst, ohne den ich nicht leben konnte, eine Art Nabelschnur, die mich mit dem Rest der Welt verband und mir den Kontakt in meine Heimat erlaubte, zu meinen Leuten, auch wenn ich außerhalb der Arbeit nur wenige Bekannte hatte. Indem sie mir mein Handy wegnahm, das mir Sicherheit gab, machte mich die Grose viel verletzlicher.

»*Tomorrow, tomorrow*«, beharrte sie. »Und jetzt gehen Sie lernen, na los, verlieren Sie nicht noch mehr Zeit. Wenn Sie Fragen haben, kommen Sie ruhig herunter, ich werde noch eine Weile auf sein und Ihre Prüfung vorbereiten. Schlafen Sie gut!«

Meine mangelnde Sprachkompetenz hinderte mich daran, ihr zu sagen, dass ich nicht gewillt war, auf mein Handy zu verzichten, und dass sie eindeutig zu weit gegangen war. Es war eine Sache, in unseren Unterhaltungen keine andere Sprache zuzulassen als Englisch – mich daran zu hindern, außerhalb des Unterrichts zu reden, mit wem ich wollte, war etwas ganz anderes. Aber das sagte ich ihr nicht. Ich konnte es nicht, weil mir das Vokabular dazu fehlte und in gewisser Weise auch der Mut. So schloss ich mich in mein Zimmer ein. Ich ließ mich auf dem Sofa nieder und versuchte, in der Grammatik zu lesen, die mir die Grose gegeben hatte. Ich blätterte auch in meinen Notizen und prägte mir die starre Satzstellung und die unveränderliche Position von Adjektiven und Adverbien ein. Als ich zu Bett ging, brummte mir der Schädel. Es war fast eins. Ich schlief durch bis um vier. Daran erinnere ich mich noch genau, weil ich auf die Uhr sah, als ich aufstand, um zur Toilette zu gehen. Vom Badezimmerfenster aus sah ich Mrs Grose an der Eingangstür. Halb schleifte sie, halb trug sie einen Menschen, der sich offensichtlich nicht auf den Beinen halten konnte. Instinktiv zog ich mich vom Fenster zurück und löschte das Licht im Zimmer. Dann hörte ich, wie sie den Wagen anließ. Der Gartenkies knirschte unter den Reifen. Ich legte mich wieder ins Bett, aber meine Gedanken kreisten unablässig um das, was ich gesehen hatte. Wer war diese Person? In welchem Verhältnis stand sie zu Mrs Grose? Wann war sie gekommen? Was zum Teufel trieben die beiden um diese Uhrzeit? Es dauerte lange, bis ich wieder einschlief.

V

ICH ERWACHTE, als der Wecker meiner Armbanduhr piepte, und hatte Mühe, die Augen zu öffnen. Zum Glück hatte meine Armbanduhr eine Weckfunktion, denn normalerweise war es die Aufgabe meines Handys, mich um sieben Uhr morgens zu wecken – und das war mir genommen worden. Ein wenig tröstete mich der Gedanke an das lächerliche Kikeriki, das sicherlich noch immer aus der Tasche von Mrs Groses schmuddeligem Kittel erscholl.

Ich duschte rasch und ging dann in die Küche hinunter. Ich war nicht sicher, ob ich Mrs Grose fragen sollte, was letzte Nacht geschehen sei, oder ob ich so tun sollte, als hätte ich nichts gesehen. Schließlich siegte meine Neugier. Da ich nicht wusste, wie ich das Gespräch auf Englisch beginnen sollte, setzte ich auf Spanisch an, doch sogleich hielt Mrs Grose sich die Ohren zu.

»Kein Wort mehr, ich will nichts hören! Was haben Sie mir gestern versprochen? Haben Sie das schon vergessen?«, fragte sie lächelnd, in freundlichem Tonfall, und dann, auf Englisch, ob ich gut geschlafen hätte und auf die Prüfung vorbereitet sei. »Genehmigen Sie sich ein ordentliches Frühstück, das ist gut für die grauen Zellen«, forderte sie mich auf.

Dann erzählte sie mir, weiterhin auf Englisch, sodass ich nur ungefähr mitbekam, worum es ging, wie sie am Abend zuvor zu nachtschlafender Zeit einen Besucher habe nach Hause bringen müssen. Das beruhigte mich etwas, auch wenn ich viele Wörter nicht verstand. Hatte sie gesagt, der Besucher sei so betrunken gewesen, dass er nicht gerade stehen konnte? Oder war jemand plötzlich krank geworden? Warum hatte sie mich dann nicht um Hilfe gebeten? Vielleicht hatte sie mir für alles eine schlüssige Erklärung gegeben, und ich hatte diese bloß nicht verstanden …

Ich holte die Teller aus der Küche, deckte den Gartentisch, und wir frühstückten gemeinsam. Es war ein wunderschöner Tag, *a glorious day!*, diesen feststehenden Ausdruck hatte ich schon gelernt, ebenso wie die Grußformeln, die ich im Geiste wiederholte und versuchte, im richtigen Augenblick anzuwenden. Meine Güte, das tue ich immer noch! Was hat es mich nicht gekostet, diese vermaledeite Sprache zu lernen! Die Grose berichtete weiter von den Ereignissen der Nacht zuvor. Unter den wenigen Wörtern, die ich erhaschen konnte, war der Name von Jeremy, dem Aushilfsgärtner. Vielleicht war er der Besucher gewesen. In diesem Fall schien mir Mrs Groses Erklärung schlüssig. Ja, so musste es gewesen sein: Jeremy war zu Besuch gekommen, hatte mehr intus gehabt, als er vertragen konnte, und Mrs Grose war ihn losgeworden, indem sie ihn in sein Loch zurückgeschleppt hatte. Deshalb hatten die Hunde auch nicht angeschlagen. Sie kannten ihn gut genug …

Nach dem Frühstück ging ich mit Mrs Grose in die Bibliothek hinüber, um Rechenschaft über die erste Woche abzulegen, mein Handy wiederzuerlangen und alles dafür zu geben, dass ich knapp zweieinhalb Tage fern von hier ausspannen konnte. Wir begannen mit einem Diktat, einem Artikel aus der *Times* vom Vortag. Das überraschte mich, denn eigentlich kamen keine Zeitungen ins Haus, und seit meiner Ankunft hatte sich kein Besucher blicken lassen, mit Ausnahme des Trunkenbolds der letzten Nacht. Aber die *Times* vom 4. August schien mir nicht die richtige Lektüre für Jeremy, der doch eher ein armer Trottel war. Wer weiß, ob er überhaupt lesen konnte? Vielleicht war doch nicht er zu Besuch gekommen, sondern der Mann beziehungsweise Exmann der Grose. Der hätte sehr wohl die *Times* unter dem Arm haben und von seiner Frau fortgeschleppt werden können, wobei er ihr als Pfand die Zeitung ließ.

Der Diktattext, in dem es um das Wachstum der Weltbevölkerung ging, wimmelte von Zahlen und war somit eine ausgezeichnete Übung für Ordinal- und Kardinalzahlen, für die meine Lehrerin offensichtlich eine Vorliebe hegte, während ich sie nicht ausstehen konnte. Er war nicht schwierig, aber genau darum konnte ich mich ziemlich blamieren, wenn ich bei diesem Blödsinn patzte. Die Übungen brachte ich einigermaßen passabel hinter mich. Wegen meines schlechten Gehörs verstand ich *fast* statt *far*. Ich antwortete, ich würde in drei Eiern wieder abreisen statt in drei Wochen, weil *eggs* und *weeks* in meinen Ohren gleich klangen, ich übersetzte *applicants* mit Applikationen, obwohl es Bewerber heißt, und *guilty*, schuldig, mit *gültig*. Der Satz *He was guilty* wurde bei mir zu *Er war gültig*, und die *tube*, die Londoner U-Bahn, zur *Tube*.

Ich verwechselte zählbare Objekte mit unzählbaren, Creme (*mousse*) mit Maus (*mouse*), Lärm (*noise*) mit hübsch (*nice*) und fabrizierte tausend andere Katastrophen, an die ich gar nicht denken mag.

Die Prüfung dauerte fast zwei Stunden. Mrs Grose korrigierte vor meinen Augen den schriftlichen Teil, nachdem sie mir 3,75 von möglichen 10 Punkten für den mündlichen Teil gegeben hatte. In der schriftlichen Prüfung hatte ich nach ihren Berechnungen 4,83 Punkte erzielt, und obwohl ich die unregelmäßigen Verben fehlerfrei herunterrasselte, was meinen Durchschnitt anhob, reichte es nicht, um die Prüfung zu bestehen.

»Sie werden wohl auf Ihr Handy und Ihr freies Wochenende verzichten müssen, es sei denn …«

»O nein«, widersprach ich, »von wegen es sei denn! Geben Sie mir mein Handy zurück, Mrs Grose, denn ich fahre nach London und muss ein Taxi rufen.«

»Hierher kommt kein Taxi«, entgegnete sie mit triumphierendem Lächeln. »Kein Taxifahrer ist so dumm, auf dieser Straße einen Achsenbruch zu riskieren, auch nicht für die längste Strecke, selbst wenn Sie mit dem Taxi nach Barcelona zurückfahren wollten, Fräulein Prats … Sie sind jetzt auf mich angewiesen, und meine Freunde hier«, sie zeigte auf die Hunde, die in der Nähe spielten, »gehorchen mir aufs Wort und können Sie an der Abreise hindern … Denn Sie werden nicht abreisen, bevor der Kurs zu Ende ist.« Sie starrte mich aus kurzsichtigen Augen an. »Ich versichere Ihnen, Sie kommen hier nur weg, wenn Sie Englisch können – oder über meine Leiche.«

Ich war mir nicht sicher, ob die Grose es ernst meinte oder ob das Ganze ein gewaltiger Scherz war, ob sie mich mit ihrem seltsamen Sinn für Humor zur Zielscheibe ihres Spottes ausersehen hatte – oder ob sie ganz im Gegenteil einfach verrückt war und sich eine ganze Meisenschar in ihrem Hirn eingenistet hatte.

»Ich mache Ihnen einen Vorschlag«, sagte sie schließlich. »Ich prüfe Sie nach. Wenn Sie vor Mittag die Prüfungsteile schaffen, in denen Sie am schwächsten waren, dürfen Sie meinetwegen bis Sonntag verreisen. Was halten Sie davon? Wenn Sie die Nachprüfung bestehen, bringe ich Sie zum Zug und gebe Ihnen Ihr Handy zurück. So müssen Sie sich kein neues kaufen. Am Ende würden Sie das heimlich tun wie die Französin vom letzten Jahr, die auch versucht hat, mir das Leben schwer zu machen ...«

Sie bemerkte, dass sie sich verplappert hatte, und verstummte.

»Was für eine Französin?«

»Jemand wie Sie, aber nicht so schwer von Begriff«, antwortete sie lachend. »Auf jetzt, setzen Sie sich auf den Hosenboden, schließlich wollen Sie wegfahren ... Gehen Sie schon. Und kommen Sie erst wieder, wenn Sie sich Ihrer Sache sicher sind.«

Ich schloss mich in mein Zimmer ein, um das zu üben, was ich in der Prüfung falsch gemacht hatte. Ich versuchte, alles im Eiltempo auswendig zu lernen, angespornt von der Belohnung. Ich kam mir vor wie der Pawlow'sche Hund, wie ein Tier. Nach einer Stunde ging ich wieder hinunter, um mich nachprüfen zu lassen.

Die Grose war in der Küche und bereitete in einer großen Schüssel, die nach verdorbenen Innereien stank, das Fressen für ihre geliebten Hunde vor – für die freundlichen, großen, schwarzen Hunde.

»Ich komme gleich«, sagte sie.

Ich ging in die Bibliothek, und kurz darauf kam auch sie. Sie nahm wieder die *Times* zur Hand und ließ mich einen Teil des Diktats wiederholen. Dann musste ich ein paar schriftliche Übungen machen, und schließlich kam die mündliche Prüfung. Ich erreichte einen Durchschnitt von 6,30 und war glücklich. Auch sie war zufrieden.

»Kein Mensch würde mir glauben, was ich mir alles einfallen lassen muss, um meine Schüler zum Lernen zu bewegen! Bitte sehr, hier haben Sie Ihr Handy.« Sie zog es aus der Tasche. »Packen Sie Ihre Sachen fürs Wochenende. Ich leihe Ihnen eine Tasche und bringe Sie zum Zug. Haben

Sie einen Reiseführer von London? Wenn Sie möchten, kann ich Ihnen einen überlassen.«

Ich würde gerade noch den Zug um 17 Uhr 40 erreichen, sodass ich vor Einbruch der Dunkelheit in London wäre. Ich würde den ganzen Samstag und nahezu den ganzen Sonntag für mich haben. Fast zwei volle Tage fern der Grose. Auf dem Weg zum Bahnhof fuhr sie beinahe noch schneller als an dem Tag, an dem sie mich abgeholt hatte, wie besessen. Während der ganzen Fahrt sagte sie nichts, summte nur vor sich hin. Am Bahnhof übernahm sie den Kauf der Fahrkarte, hin und zurück, weil das billiger war. Am Sonntag um sechs Uhr würde sie mich an derselben Stelle erwarten.

Als ich für mich allein im Zug nach London saß, fühlte ich mich wie erlöst. Ich versuchte, ein Hotel anzurufen, das mir Jennifer empfohlen hatte, und ein Zimmer zu reservieren, aber der Akku des Handys war leer. Ich hatte ihn die ganze Woche über nicht aufladen können, weil ich, zerstreut wie ich bin, vergessen hatte, dass man in England einen Adapter braucht. Das war das Erste, was ich kaufen musste. Gleich nach meiner Ankunft würde ich mich auf die Suche nach einem jener Läden machen, die rund um die Uhr geöffnet sind, um einen passenden Stecker zu finden, mit dem ich mein Handy aufladen konnte. Ich musste Jennifer anrufen, um ihr zu erzählen, was mir passiert war, und sie um Rat zu fragen. Angesichts der Ereignisse wäre es vielleicht das Klügste, den Kurs abzubrechen. Und doch: Noch nie in meinem Leben hatte ich solche Fortschritte gemacht, noch nie hatte ich so sehr das Gefühl gehabt, auf dem richtigen Weg zu sein.

Im Zug plauderte ich ein wenig mit einer Konditoreiangestellten aus Ledbury. Es gelang mir, ihr zu erklären, dass ich einen Englisch-Intensivkurs bei Mrs Grose machte, der

Besitzerin des Herrenhauses *Four Roses*, das eine Stunde von Ledbury entfernt lag. Zufällig kannte sie sie. Sie zeigte sich erstaunt darüber, dass Mrs Grose in ihrem hohen Alter noch unterrichtete. Ich war außerstande, ihr zu entgegnen, dass ich sechzig nicht für ein besonders hohes Alter hielt. Erst nach allem, was passiert ist, ist mir aufgegangen, dass sie wohl die angebliche Tante von Annie Grose meinte, die eigentliche Besitzerin des Hauses. Wäre mein Englisch damals besser gewesen, so hätte ihre Bemerkung sicherlich dazu beigetragen, mir die Augen zu öffnen.

In London hatte ich eine schöne Zeit. Ich hatte das Glück, in dem Hotel in der Nähe der Carnaby Street unterzukommen, das Jennifer mir empfohlen hatte und wo man, wie ein Schild mir versicherte, Spanisch sprach. Ich tat aber so, als hätte ich es nicht gesehen, und fragte auf Englisch nach einem Zimmer. Während des gesamten Check-ins wandte ich brav meine frisch erworbenen Sprachkenntnisse an. Dann ging ich zum Abendessen, allerdings nicht, ohne gefragt zu haben, wo ich einen Adapter kaufen könne. Zum Glück gab es an der nächsten Ecke einen Laden, der rund um die Uhr geöffnet war und in dem ich ohne Weiteres einen bekam. Außerdem beschloss ich, wer weiß, aus welchem ahnungsvollen Schutzinstinkt heraus, mir ein Messer zuzulegen. Ich hätte gern ein kleineres genommen, aber sie hatten nur große. Ich zahlte, dann begab ich mich, den Reiseführer in der Hand, auf die Suche nach einem Restaurant mit mediterraner Küche, wobei es möglichst kein Franzose sein sollte, weil ich abends lieber auf Butter und Sahne verzichte, die ja in der französischen Küche sehr beliebt sind. Ich fand zwei Italiener, die nicht allzu weit vom Hotel entfernt lagen, aber sie waren voll, und so musste ich mich mit einem spanisch-mexikanischen Restaurant begnügen, dem einzigen, in dem noch ein Tisch frei war. Dort traf ich – die Welt ist doch wirklich klein, wie eine Binsenweisheit besagt – Iolanda, die Tochter unseres Personalchefs, die ab und an bei uns aushalf und zu Stoßzeiten, wenn alle Schwarzgeldbesitzer plötzlich gleichzeitig glaubten, sich riesige Kästen zulegen zu müssen, Wohnungen vorführte. Sie war mit einer Freundin im Urlaub. Ich begrüßte sie, und wir unterhielten uns kurz, aber da die beiden schon beim Nachtisch waren, setzte ich mich gar nicht erst zu ihnen. Sie fragten mich, was mich nach London verschlagen habe. Ich sagte ihnen nicht, dass ich vor einem entsetzlichen Englischkurs geflohen war, sondern behauptete, dasselbe zu tun wie sie: Ich hätte einfach mal einen Tapetenwechsel gebraucht – ein Ausdruck, der mir unter Immobilienmaklerinnen ganz passend erscheint und von dem ich bis heute nicht weiß, wie man ihn ins Englische übersetzen könnte, obwohl ich lange darüber nachgegrübelt habe.

Bitte entschuldigen Sie die Abschweifung. Sie können sich nicht vorstellen, wie sehr ich mich in den schrecklichen letzten Monaten mit all diesen komplizierten, rätselhaften Sprachproblemen herumgeschlagen habe. Für jemanden wie mich, der eine kaufmännische Ausbildung hat und gewohnt ist, dass Zahlen in allen Sprachen gleich sind, ist es nur schwer zu verstehen, dass es sich mit den Wörtern anders verhält, dass sie auch bei korrekter Übersetzung oft noch andere Bedeutungen haben.

Aber ich will Ihre Zeit nicht mit diesen Kindereien vergeuden und kehre lieber zu meinem Bericht zurück. Ich schämte mich, vor Iolanda und ihrer Freundin zuzugeben, dass ich irgendwo auf dem Land einen Intensivkurs machte. Angesichts der Tatsache, dass diese beiden Grünschnäbel sicher fließend Englisch sprachen, scheute ich mich einzugestehen, dass ich noch kein Englisch konnte, dass ich gerade erst angefangen hatte, es zu lernen. Wäre es ein

Chinesisch-, Russisch-, Japanisch- oder Arabischkurs gewesen, hätte ich ihn sicherlich nicht verschwiegen, aber die Tatsache, dass ich kein Englisch konnte, schien mir wie ein Beweis dafür, dass ich ein Niemand war, zu nichts nutze. Vielleicht wusste Iolanda ja von meiner Wissenslücke, auch wenn ich versuchte, sie zu kaschieren. Vielleicht hatte ihr Vater ihr erzählt, dass ich aus diesem Grund nicht befördert worden war. Im Nachhinein denke ich, dass es sicher ein Fehler war, den Kurs bei Mrs Grose nicht zu erwähnen, aber ich tat es nicht etwa, weil ich etwas zu verbergen hatte, sondern nur aus den eben erwähnten Gründen. Allerdings versuchte ich, als mich ein ungeschickter Kellner anrempelte, sodass meine Tasche herunterfiel – der Kellner war offensichtlich Katalane, denn ihm entfuhr ein von Herzen kommendes »Collons!« –, beim Aufsammeln meiner Habseligkeiten das Messer zu verbergen. Ich fürchtete, vor den beiden wie ein dummer Hasenfuß zu erscheinen und dadurch als noch größere Versagerin dazustehen. Ich weiß, dass Iolanda mich noch nie leiden konnte, deshalb hat sie sich in ihren Gesprächen mit Ihnen so genüsslich über das Messer ausgelassen. Abgesehen davon handelte es sich um eine zufällige, flüchtige Begegnung, die nicht länger als fünf Minuten dauerte, so lange, bis ein anderer Kellner, diesmal einer aus Fuengirola, meinen Tisch gedeckt hatte.

Ich hatte die langweiligen Salate und das fade Roastbeef der Grose satt, und so bestellte ich Nachos, Kartoffeltortilla, Garnelen und Enchiladas. Ein hispano-mexikanischer Mix, den ich in vollen Zügen genoss, auch wenn mein Magen Schwierigkeiten hatte, ihn zu verdauen, was aber vielleicht eher an den Tequilas und Margheritas lag, die ich dazu trank.

Am Samstag durchstreifte ich die Stadt, besuchte einige Trödelmärkte und deckte mich mit Blechbüchsen ein.

Drei Büchsen aus dem späten neunzehnten Jahrhundert, eine Seifenbüchse und zwei Teebüchsen, hatten es mir besonders angetan. Ich feilschte auf Englisch und erwarb sie zu einem guten Preis. Am Sonntagmorgen ging ich in die Tate Gallery, wo das Messer für einen kleinen Zwischenfall sorgte, als es beim Durchleuchten meiner Tasche am Eingang entdeckt wurde. Das gefiel den Sicherheitsleuten gar nicht. Da ich ihre Fragen nicht verstand, beschloss ich, ihnen einfach das Messer auszuhändigen, damit sie mich durchließen. Ich wollte mir auf keinen Fall die Gelegenheit entgehen lassen, das Museum genau an diesem Tag zu besuchen, an dem meine Mutter achtzig geworden wäre, wäre sie nicht im Jahr 2000 gestorben, um ihr zu Ehren das Bild anzusehen, das ihr Lieblingsbild gewesen war: die *Ophelia* von John Everett Millais. Als Druck aus einem Kalender der katalanischen Sparkasse hatte dieses Bild, an das Kopfteil ihres Bettes geheftet, sie in ihren letzten Lebensjahren begleitet. Da ich weder Geschwister noch nahe Verwandte habe – mit meiner Cousine aus Valencia habe ich nur für die Reisen rechnen können, und jetzt nicht einmal mehr das –, ist mir nach dem Tod meiner Mutter gar keine Familie mehr geblieben, ein Umstand, der je nach Betrachtungsweise positiv oder negativ sein kann, sich aber nun für mich als ausgesprochen nachteilig erweist. Außer Jennifer – mit der ich an jenem Sonntag noch sprach und die mir riet, trotz allem bei der Stange zu bleiben – kümmert sich niemand auf der Welt um mich. Meine Arbeitskollegen, allen voran der Vater dieser widerlichen Iolanda, tun so, als hätte es mich nie gegeben, damit der Schlamassel, in den ich geraten bin, nicht am Ende noch das Unternehmen in Verruf bringt. Jennifer ist, wie gesagt, die Ausnahme. So sind die Menschen nun einmal, Egoisten, die gerade dann nicht da sind, wenn man sie am nötigsten braucht, nicht wahr?

Wie vorgesehen, trat ich nach dem Mittagessen die Rückreise an, und um sechs Uhr *p.m.* erwartete mich Mrs Grose am Bahnhof. Sie trug einen sauberen, orangefarbenen Kittel und hatte einen Strauß Blumen in der Hand.

»Für Sie«, sagte sie freundlich lächelnd auf Englisch. »Um Ihnen die Rückkehr nach Hause zu versüßen.«

VI

DER BESTE BEWEIS dafür, dass mit Mrs Grose etwas nicht stimmte, waren ihre Stimmungsschwankungen. Als wir an jenem Abend nach *Four Roses* zurückfuhren, war sie die Liebenswürdigkeit in Person und redete ohne Punkt und Komma auf Spanisch, bis ich ihr schließlich auf eine Frage in Englisch antwortete, vielleicht, weil ich gerne wieder üben wollte.

»Sieh an, die Duckmäuserin will sich bei mir lieb Kind machen ...«

Der Ausdruck »Duckmäuserin«, den ich von meiner Großmutter kannte, erheiterte mich. Die Grose konnte wirklich erstaunlich gut Spanisch, und ihre Aussprache war vollkommen. Ich beglückwünschte sie dazu.

»Irgendetwas Gutes muss ich von meinem Mann ja abbekommen haben«, sagte sie und fügte dann hinzu: »Er hat mir Spanisch und sogar ein bisschen Katalanisch beigebracht. ›Passi-ho bé‹, ›Bon dia‹. Manchmal vermisse ich ihn ... Er war ziemlich gut im Bett ...«

Sie warf mir einen verschwörerischen Blick zu, dann fuhr sie fort, als spräche sie mit sich selbst: »Molt bo!«, und stieß ein tiefes, kehliges Lachen aus.

Ihr Lachen klang seltsam in meinen Ohren, wie von einem Bauchredner, doch mit einem Mal brach es ab. Ich sah, dass ihr Tränen die Wangen hinunterliefen. Sie zog ein Taschentuch aus ihrem Kittel und schnäuzte sich lautstark.

»Manchmal vermisse ich ihn«, wiederholte sie weinend.
Ich wusste nicht, was ich sagen sollte. Die Grose schluchzte und schniefte vor sich hin, dann lachte sie plötzlich wieder und fragte mich gleich darauf: »Was halten Sie von den Männern?«

Als ich nicht gleich antwortete, wiederholte sie ihre Frage: »Was halten Sie von den Männern, Laura Prats?«

»Nicht viel«, antwortete ich schließlich. »Da ich sie nicht mehr interessiere, habe ich beschlossen, dass sie mich auch nicht länger interessieren. Das Einzige, was mich wirklich interessiert, ist Englisch, Mrs Grose.«

Das schien sie aufzumuntern.

»Sie sind unsere Vergangenheit. Ja, *darling*, unsere Vergangenheit sind die Männer ...«

»Nun, ganz so kategorisch würde ich es nicht sagen wollen ...«

»Aber natürlich, *darling*, glauben Sie mir. Die Männer sind unsere Vergangenheit.«

Und während sie diesen Satz noch ein paar Mal wiederholte, trat sie aufs Gas, sodass der Wagen aus Protest gegen den schlechten Weg noch stärker ächzte und keuchte als am Freitag.

Als wir am Haus ankamen, war es bereits dunkel. Das Wetter war kalt und ungemütlich. Die Hunde liefen herbei, um uns zu begrüßen. Sie waren unruhig; die Grose sagte, sie witterten das heraufziehende Unwetter. Sie bat mich, das Badezimmerfenster ordentlich zu schließen, und rügte mich, ich hätte es bei meiner Abreise offen stehen lassen. Also schloss ich das Badezimmerfenster und auch den Laden. Als ich die Schrankschubladen aufzog, um die Sachen zurückzulegen, die ich in London dabeigehabt hatte, kam es mir so vor, als seien sie durchwühlt worden. Jedenfalls konnte ich mich nicht erinnern, meine Pullover mit Strümpfen und Unterhosen zusammen verstaut zu haben. Auch schien mir, als stünden die Schuhe im Schuhschrank nicht mehr in der Reihenfolge, in der ich sie aufzustellen pflegte. Aber ich habe ja schon gesagt, dass ich schrecklich zerstreut bin, ein Makel, der mit zunehmendem Alter schlimmer geworden ist. Welches Interesse sollte die Grose schon daran haben, meine Sachen zu durchsuchen? Vielleicht war es auch gar nicht sie gewesen, die in meinen Schubladen und in meinen Schuhen gewühlt hatte, sondern die Frauen, die samstags zum Putzen kamen.

Ich versuchte, dem Ganzen nicht zu viel Gewicht beizumessen. Als ich zum Abendessen hinunterging, nahm ich die Tasche, die Mrs Grose mir geliehen hatte, und eine Marionette mit, die ich in London gekauft hatte. Eigentlich war sie für Jennifer gedacht und nicht für die Grose, aber ich wollte nicht unhöflich sein. Für Jennifer würde ich schon noch ein Geschenk finden. Mrs Grose war hocherfreut über das Mitbringsel und gab mir zwei schmatzende Küsse.

»Wie aufmerksam und großzügig Sie sind, kleine Laura«, sagte sie ein ums andere Mal.

Sie hatte sich wieder umgezogen und trug nun einen abgenutzten, blassrosa Kittel. Die Farbe beleidigte das Auge weniger als das Orange, das sie getragen hatte, als sie mich am Bahnhof abholte, machte sie aber dicker. *Grose, groß, gross* (was auf Englisch ekelhaft heißt), dachte ich und hoffte inbrünstig, dass mir nicht irgendwann einmal die falsche Anrede herausrutschte.

Zum Abendessen gab es ein schottisches Gericht, das die Leibspeise ihrer aus Edinburgh stammenden Großmutter gewesen war und das sie extra für mich gekocht hatte: *Haggis*, eine Art widerlicher Kutteln mit gehackter Leber und Herz und den Eingeweiden diverser Tiere in einer Mehlschwitze mit Zwiebeln, dazu Steckrüben und Kartoffeln. Ich würgte das Ganze hinunter, so gut ich konnte, halb tot vor Ekel, denn ich habe Kutteln noch nie ausstehen können. Natürlich sagte ich, es schmecke mir ausgezeichnet und ich wolle nur deshalb keinen Nachschlag, weil ich in London das schwer verdauliche mexikanische Essen zu mir genommen hätte.

Sobald wir die Küche aufgeräumt hatten, sagte ich, ich sei müde und müsse dringend ins Bett. Dabei wusste ich schon, dass dieses mit so viel Liebe zubereitete Mahl mir die ganze Nacht zu schaffen machen würde. Ich wälzte mich im Bett hin und her und versuchte einzuschlafen, aber ich hatte Sodbrennen. Schließlich stand ich auf, um mir Wasser aus dem Kühlschrank zu holen. Um Mrs Grose nicht zu stören, die sich ebenfalls in ihr Zimmer zurückgezogen hatte, vermied ich jedes Geräusch und schaltete das Treppenlicht nicht ein. Stattdessen nahm ich die Taschenlampe, die ich auf Reisen immer dabeihabe. Der Sturm, den die Hunde gewittert hatten, war noch nicht losgebrochen, und alles war still. Inmitten dieser Stille vernahm ich plötzlich unterdrücktes Weinen und Stöhnen. Ich spitzte die Ohren, um herauszufinden, woher das Geräusch stammte, und merkte, dass es nicht etwa von außerhalb kam, sondern aus dem Inneren des Hauses, aus dem oberen Stockwerk, in dem die Grose schlief. Ich dachte, es gehe ihr vielleicht nicht gut, und so rief ich von der Treppe aus nach ihr, wagte aber nicht, an ihre Zimmertür zu klopfen. Doch ich erhielt keine Antwort. Vielleicht träumt sie, dachte ich und kehrte in mein Zimmer zurück, nachdem ich ein Glas Wasser mit Natronpulver getrunken hatte, das ich glücklicherweise in einer Küchenschublade gefunden hatte. Dank meiner Tabletten schlief ich ein, wurde aber kurze Zeit später wieder wach. Wieder hörte ich ein Stöhnen. Und dann begann der

Wind zu heulen, und die Hunde fielen ein. Der Sturm war da. Ich zog mir das Kissen über den Kopf, denn ich wollte lieber nicht mitbekommen, wie der Donner hallte und der Regen prasselte. Durch den Spalt der Läden vor dem Badezimmerfenster drang ein heller Blitz. Ich stand auf, um die Verbindungstür zu meinem Zimmer zu schließen, und schaltete die Nachttischlampe an. Ich war noch keine zwei Schritte weit gekommen, da stand ich im Dunkeln. Entweder waren die Sicherungen des Hauses durchgebrannt, oder die gesamte Stromversorgung war ausgefallen. Das Unwetter war verheerend und von denkwürdigen Regenfällen begleitet. Zum Glück schien das Haus solide zu sein. Das Sodbrennen quälte mich bis zum Morgengrauen, dann, bei Tagesanbruch, schlief ich endlich ein. Den Weckruf meines Handys hörte ich nicht. Als ich erwachte, war es halb zehn. Vom Balkon aus konnte man das Unheil sehen, das der Sturm im Garten angerichtet hatte. Zahlreiche Sträucher waren umgeknickt, die Blumen zerdrückt, und der Boden war von einem Blätterteppich bedeckt, aber der Tag war hell und der Himmel spannte sich über uns wie ein frisch aufgelegtes Tischtuch. Die Grose war draußen, um die Schäden zu begutachten. Sie grüßte mich auf Englisch und fragte dann, ob das Unwetter mich am Schlafen gehindert habe. Ich erwiderte, ja, und außerdem hätte ich in der Nacht jemanden stöhnen hören.

»Wahrscheinlich habe ich im Schlaf gestöhnt, ich hatte die ganze Nacht Albträume. Na los, kommen Sie runter zum Frühstück. Wir sind spät dran und dürfen nicht eine Minute versäumen.«

In dieser zweiten Woche entschied sich Mrs Grose für eine andere Methode. Als Erstes sollte ich einen Aufsatz über meine Reise nach London schreiben. Ich hatte eine Stunde Zeit, und sie wollte nicht einen Fehler sehen. Sie zog sich nach oben in ihr Zimmer zurück. Kurz darauf glaubte ich wieder, ein Weinen zu hören, das von Radiomusik übertönt wurde. Die Grose sah normalerweise nicht fern, denn die Antenne funktionierte nicht richtig, und der Empfang war miserabel, aber sie hörte Radio. Manchmal benutzte sie Kopfhörer, um mich nicht zu stören, oft hatte sie sie allerdings nicht richtig eingestöpselt, und die Geräuschkulisse drang bis zu mir. Ich dachte, dass sie vielleicht in Erinnerung an ihren Ehemann, den Idioten, weinte. Dass sie ihn vor mir schlecht machte, bedeutete nicht, dass sie ihn nicht liebte. Tatsächlich hatte ich sie ja im Auto schon um ihn weinen sehen ... Ich bin für diese Liebesdramen sehr empfänglich, weil ich weiß, wie sehr sie einen treffen können. Mir ging es auch sehr schlecht, als Toni mich verließ und zu seinem Freund zog. Es hätte mich weniger hart getroffen, wenn er mich für eine andere Frau verlassen hätte, aber ich habe nie verwunden, dass er mir einen Mann vorzog und mir obendrein die Schuld daran gab. Er sagte, ich sei eine unerträgliche Psychopathin. Es war das Schlimmste, was mir im Leben widerfahren war, aber was will man machen! Ich konnte mir ja schließlich keinen Bart stehen lassen, nur um ihm zu gefallen.

Ich konzentrierte mich auf meinen Aufsatz. Kaum war ich fertig, da kam die Grose zurück. Ihre Augen waren geschwollen, als habe sie heftig geweint, ich wagte jedoch nicht, sie darauf anzusprechen. Ich wusste nicht, wie ich sie auf Englisch trösten sollte, und sie zeigte sich wieder unerbittlich, was die Sprache betraf.

»Bevor Sie nicht auf Englisch träumen, haben Sie es nicht geschafft!«, sagte sie, oder zumindest glaubte ich das zu verstehen.

Der Tag verging mit den üblichen Übungen und einer Ladung unregelmäßiger Verben, die mir die Grose einimpfen zu wollen schien. Nach dem Mittagessen entschuldigte sie sich, sie müsse sich für eine Weile auf ihr Zimmer zurückziehen und ausruhen, sie fühle sich nicht wohl. Dann erklärte sie mir, dass sie häufig unter heftigen Migräneattacken leide. Wenn sie ihr Zimmer verdunkele und sich ein wenig hinlege, könnten wir hinterher mit dem Unterricht fortfahren. Der Arzt habe ihr neue Tabletten verschrieben, aber sie habe vergessen, wie viele sie nehmen solle. Zu dumm, dass sie kein Telefon hatte! Was blieb mir anderes übrig, als ihr mein Handy anzubieten? Sie nahm es mit nach oben, und ich sah sie den ganzen Nachmittag nicht wieder. Um acht, kurz vor dem Abendessen, stieg ich in den zweiten Stock hinauf und klopfte an ihre Zimmertür.

»Mrs Grose? Brauchen Sie etwas? Geht es Ihnen besser?«

Niemand antwortete, aus dem Zimmer drang kein Laut.

»Mrs Grose«, rief ich wieder. »Kann ich Ihnen helfen? Soll ich das Abendessen machen? Was möchten Sie gerne essen?«

Ich wagte nicht, das Zimmer zu betreten, ja, nicht einmal zu überprüfen, ob die Tür verschlossen war. Stattdessen spähte ich durchs Schlüsselloch. Im Zimmer brannte Licht, und man sah zwei Betten, die beide belegt zu sein schienen. Durch den eingeschränkten Blickwinkel konnte man nur das Fußende der Betten sehen. Es war völlig unmöglich zu erkennen, wer da im Bett lag. Wenn in einem Bett die Grose schlief – wer befand sich dann im anderen Bett? Rasch und so geräuschlos wie möglich zog ich mich zurück. Warum hatte sie mir nicht gesagt, dass im Haus noch jemand wohnte? Lag in dem zweiten Bett etwa ihr Ehemann? Und wie hatte sie es angestellt, dass ich ihn nie zu Gesicht bekam? Tatsächlich hatte ich außer der

Grose noch niemanden gesehen. Gab es einen Zusammenhang zwischen diesem Gast und der Person, die sie fortgeschleppt hatte?

Ich wusste nicht, was ich tun oder wie ich mich verhalten sollte, und so schloss ich mich in meinem Zimmer ein. Die Küchentür, die wie die Eingangstür des Hauses zum Garten hinausging, stand offen, aber ich wagte nicht, hinunterzugehen und sie zu schließen. Die Hunde liefen draußen herum; auch hatte ich das Gefühl, dass Gefahr eher von innerhalb des Hauses drohte. Um mir Mut zu machen, redete ich mir ein, dass ich mich sicher geirrt hatte und nur ein Bett belegt gewesen war – das von Mrs Grose. Vielleicht war das andere, obwohl es belegt ausgesehen hatte, nur ungemacht und voller Kleider gewesen, oder die Katze schlief darin. Wer weiß, ob die Grose ihr Zimmer nicht mit einer Katze teilt?, sagte ich zu mir selbst, um mich zu beruhigen. Sobald sie wieder auftauchte, würde ich ganz offen danach fragen ... Aber vielleicht tauchte sie ja nie wieder auf? Was, wenn sie an einem Hirnschlag gestorben war, der sich durch diese schrecklichen Kopfschmerzen angekündigt hatte? Mein Gott, das also war geschehen: Mrs Grose war tot und hatte mein Handy in ihrer Tasche. Ich sah mich schon am nächsten Tag die Leiche finden, nachdem ich die Tür eingeschlagen und mich gegen die Krallen der Katze zur Wehr gesetzt hatte ... Aber wie sollte ich allein die Tür einschlagen? Ich würde um Hilfe rufen müssen, aber wen und wie, wenn sie mein Handy hatte?

Zum Glück musste ich mein Zimmer nicht verlassen: Es hatte ein eingebautes Bad, und das Leitungswasser war trinkbar. Wenn ich Hunger hatte, konnte ich einen von den Müsliriegeln essen, die ich auf Reisen für alle Fälle immer dabeihabe. Aber ich beschloss, dass es besser war, vorerst nichts zu essen. Ich nahm eine Tablette und versuchte zu schlafen; ich machte mir beinahe mehr Sorgen um meine Lehrerin als um mich. Die Sache mit dem Hirnschlag erschien mir immer wahrscheinlicher. Die Kopfschmerzen am Nachmittag waren die Vorboten einer viel ernsteren Erkrankung gewesen, und nun war es zu spät. Die arme Frau! Ich bedauerte sie und bedauerte mich. Mein Sprachkurs war futsch, weil meine Lehrerin gestorben war. Noch während ich das dachte, hörte ich wieder jemanden weinen, genau wie zuvor, doch diesmal vernahm ich es voller Freude, als Beweis dafür, dass Mrs Grose am Leben war.

VII

MRS GROSE HÖCHSTPERSÖNLICH weckte mich, indem sie an meine Tür klopfte, noch bevor der Wecker meiner Armbanduhr piepte. Sie bat mich um Verzeihung. Ihre Kopfschmerzen hätten sie eine Zeit lang völlig außer Gefecht gesetzt und mich um meinen Unterricht gebracht. Nun habe sie mich geweckt, damit ich mich beeilte. Wir müssten früher anfangen, um die verlorene Zeit wettzumachen. Für jeden Tag sei eine bestimmte Lerneinheit geplant, und sie könne keine einzige auslassen, ohne den Erfolg ihrer Methode aufs Spiel zu setzen. Ich war überglücklich, dass es mir erspart blieb, mit meinem schlechten Englisch ein Bestattungsinstitut anzurufen, und dass mein Unterricht weiterging. Obwohl ich angesichts dieser ständigen Überraschungen manchmal Lust hatte, den Kurs sausen zu lassen und einfach Urlaub zu machen, wusste ich, dass ich es bereuen würde, wenn ich jetzt aufgab. Jennifer hatte mir geraten auszuharren, und das würde ich auch tun. Ich bat Mrs Grose, mir mein Handy zurückzugeben. Sie gab es mir. Es war in ihrer Kitteltasche. Außerdem wollte sie mir den Anruf bezahlen. Sie habe im Krankenhaus angerufen, das zwei Stunden von hier entfernt sei, aber ihr sei bewusst, dass der Anruf über Spanien gegangen und so viel teurer gewesen sei als ein Ortsgespräch. Das erklärte sie mir auf Spanisch, weil es sich um eine Geldangelegenheit handelte und sie jedes

Missverständnis ausschließen wollte. Ich sagte ihr, sie solle es vergessen, es sei schon in Ordnung, und wir begannen wieder mit dem Unterricht. An diesem Morgen kamen wir gut voran. Mrs Grose erklärte, wie gesagt, alles sehr gut, und obwohl in ihren Beispielsätzen eher von Hunden als von Katzen die Rede war, fragte ich sie, ob sie Katzen möge und eine besitze. Sie sagte, ja, *of course*, im Garten streunten drei oder vier Katzen herum, die sich jedoch selten blicken ließen, weil die Hunde sie jagten. Die Antwort brachte mich nicht besonders weiter, aber ich wagte nicht, sie auf Englisch zu fragen, ob sie denn auch eine Hauskatze habe, die in ihrem Zimmer schlief.

Vor dem Mittagessen – wir aßen drinnen, weil es draußen kalt und stürmisch war – verkündete Mrs Grose, während ich meine Hausaufgaben machte, wolle sie ins Dorf fahren. Sie werde nicht lange bleiben, nur schnell in die Apotheke gehen, um sich ein paar stärkere Tabletten zu holen, die der Arzt ihr telefonisch empfohlen habe, falls die Migräne wiederkomme. Sie könne nicht zulassen, dass noch einmal das Gleiche passiere wie gestern und mein Unterricht wieder ausfalle. Mir behagte die Vorstellung, allein zu bleiben, nicht besonders, aber sie wollte mir nicht erlauben, sie zu begleiten, da ich meine Hausaufgaben machen müsse.

»Sie haben doch nicht etwa Angst?«, fragte sie, als sie in den Wagen stieg. »Zur Not können Sie ja über Ihr Handy Hilfe holen, ... aber tun Sie es auf Englisch«, sagte sie lachend, verabschiedete sich und fuhr los.

Die Hunde liefen dem Auto noch ein ganzes Stück hinterher, dann kehrten sie hechelnd zurück und legten sich vor das Gartentor. Die *freundlichen, großen, schwarzen Hunde* hießen Dixi und Truxi, alberne Mäusenamen, völlig unpassend für diese Bestien. Der braune Cockerspaniel hieß *Diana*, zu Ehren der toten Prinzessin, wie ich vermute.

Ich gab jedem von ihnen ein Stück *cake* und ein wenig von dem Pfirsich mit Sahne, den ich in einer Tupperschüssel im Kühlschrank gefunden hatte, und freute mich, dass dadurch meine Nachtischportion am Abend geringer ausfallen würde.

Zwar war ich an diesem einsamen Ort nicht gern allein, doch dachte ich, dass ich während Mrs Groses Abwesenheit vielleicht herausfinden könnte, ob noch jemand im Haus lebte, den ich bisher nicht zu Gesicht bekommen hatte. Ich konnte die Gelegenheit nutzen, in ihr Zimmer zu gehen oder zumindest, falls es verschlossen sein sollte, ungehindert durch das Schlüsselloch zu spähen. Aber ich ging nicht gleich, sondern erst nach einer ordentlichen Dosis unregelmäßiger Verben und Vokabeln. Im Geiste wiederholte ich Komparativ- und Superlativformen, während ich feststellte, dass Mrs Groses Zimmertür abgeschlossen war und dass ich durch das Schlüsselloch nichts sehen konnte, weil es zugestopft war, wahrscheinlich mit Watte. Ich war versucht, sie mit etwas Spitzem herauszustochern, mit einem Zweig etwa oder einem Zahnstocher, den ich in der Küche sicherlich gefunden hätte, aber ich beherrschte mich. Ich wagte es nicht. Vielleicht hatte die Grose es getan, um mich auf die Probe zu stellen. Wenn sie es mit Absicht gemacht hatte, war klar, dass sie mich in der Nacht zuvor hatte rufen hören; trotzdem hatte sie nicht geantwortet. Ich presste das Ohr an die Tür und lauschte angestrengt, aber kein Laut drang heraus.

Dann stieg ich in den dritten Stock hinauf. Von dort aus hatte man einen wunderbaren Ausblick, zumindest war es mir am Tag meiner Ankunft so erschienen, als Mrs Grose mich hinaufgeführt hatte. Ich schob nur einen der Fensterläden auf, was mich wesentlich mehr Mühe kostete als Mrs Grose, und ließ den Blick über die verschiedenen harmonischen Grüntöne schweifen, die sich in der Ferne verloren. Vielleicht würde Mrs Grose sich freuen, wenn ich sie hier erwartete, so wie die Damen im Mittelalter angeblich vom Schlossturm aus nach ihren Rittern Ausschau gehalten hatten, die in die Schlacht gezogen waren. Der Nachmittag ging langsam in den Abend über, aber noch war es hell genug, um mühelos alle Konturen zu erkennen. Deshalb konnte ich deutlich die Gestalt eines Mannes ausmachen, der auf *Four Roses* zukam, den Garten durchquerte und schließlich an der Eingangstür stehen blieb, die ich selbst geschlossen hatte, bevor ich die Treppe hinaufgegangen war. Er war sehr groß und kräftig und wirkte stark, obwohl er einen merkwürdigen, hinkenden Gang hatte, als habe er ein künstliches Bein. Er trug eine Schirmmütze und eine Brille mit dunklen Gläsern, was um diese Uhrzeit ungewöhnlich war, möglicherweise weniger zum Schutz vor der Sonne als vielmehr, um Kopf und Augen zu verbergen und nicht erkannt zu werden. Er trug Jeans, ein helles Hemd, eine gestreifte Krawatte und ein typisch englisches Tweedjackett. Er war wohl ein häufiger Gast des Hauses, denn die Hunde schlugen nicht an, sondern empfingen ihn vielmehr schwanzwedelnd, wie einen alten Bekannten, der er zweifellos war.

»Annie«, hörte ich ihn rufen. »*Where are you?* Wo bist du, Annie?«, wiederholte er. »Wo zum Teufel steckst du?«

Er versuchte erfolglos, die Küchentür zu öffnen, die von innen verriegelt war, und ging dann wieder zur Eingangstür. Dann hob er den Kopf und sah mich. Bevor er etwas fragen konnte, sagte ich: »Annie ist nicht hier, sie ist ins Dorf gefahren. Wer sind Sie? Was wollen Sie?«

Diese direkte Frage klang in den Ohren eines Engländers sicherlich sehr unhöflich, aber ich wusste nicht, wie ich es anders sagen sollte. Wahrscheinlich hätte ich auf Englisch fragen sollen: »Mit wem habe ich das Vergnügen zu sprechen?« oder etwas Ähnliches.

»Ich bin Richard, ihr Mann.«

»Sehr erfreut. Ich bin Laura, Laura Prats, Mrs Groses Schülerin. Wollen Sie auf sie warten?«, fragte ich, ein wenig beunruhigt, weil ich keine Lust hatte, mit dem Exmann der Grose, dem Idioten, zu plaudern. Außerdem wusste ich nicht, was sie davon halten würde.

»Nein danke, ich gehe ihr entgegen«, erwiderte er und machte sich davon. Seine Stimme ähnelte der von Mrs Grose, war aber dunkler und tiefer. Auch seine Bewegungen und seine ganze Art erinnerten an sie. Man sagt ja, dass sich Ehepartner mit der Zeit immer ähnlicher werden. Stimmt, dachte ich.

Kurz darauf kam die Grose zurück. Sie war übel zugerichtet; ihr Gesicht war geschwollen, als habe sie einen Fausthieb abbekommen, aus ihrer Nase strömte Blut.

»Was ist passiert? Hatten Sie einen Unfall? Wo ist der Erste-Hilfe-Kasten? Soll ich Sie verarzten?«

»Machen Sie sich keine Mühe. Im Bad ist Wasserstoffperoxid und Jod. Ich kann mich selbst verarzten, danke schön.«

»Was ist passiert? Sind Sie gefallen?«

»Ja«, flüsterte sie, doch dann gestand sie ohne Umschweife: »Warum sollte ich es verheimlichen? Ihnen sowieso nicht, Laura, Sie sind meine Freundin. Er war es. Ich weiß schon, dass er vorhin hier war und Sie belästigt hat.«

»Nein, er hat mich nicht belästigt, er hat nur nach Ihnen gefragt ...«

»Na, na, nehmen Sie ihn nicht in Schutz. Sehen Sie nur, wie er mich zugerichtet hat. Beinahe hätte er mich umgebracht. Er hat sich ganz in der Nähe einquartiert, nur drei

Meilen von hier, im nächsten *bed and breakfast*. Ich habe Angst. Ich fürchte, er ist zu allem fähig.«

Sie weinte leise, und ihr Schluchzen klang wie jenes, das ich schon zuvor gehört hatte. Es tat mir leid, die arme Grose so misshandelt zu sehen, doch wie immer täuschte ich mich. Nachdem sie nach oben gegangen war und sich verarztet hatte, kam sie in die Bibliothek, wo ich auf sie wartete, und korrigierte meine Übungen. Sie lobte meine Fortschritte und ging dann in die Küche, um das Abendessen vorzubereiten. Sie wirkte erschöpft. Schweigend aßen wir ein paar Käsesandwichs, und als wir fertig waren, bat sie mich, ihr zu helfen, einen Schrank vor die Eingangstür zu schieben, die keinen Riegel hatte, um zu verhindern, dass ihr Exmann hereinkam. Sollte er heute Nacht wiederkommen, wie er ihr angedroht hatte, würde der Lärm uns wecken. Er hatte ihr geschworen, er werde sie umbringen. Die Grose war sicher, dass er noch einen Schlüssel besaß.

»Wieso haben Sie das Schloss nicht ausgewechselt?«, fragte ich sie.

Sie hatte es einfach versäumt und bereute nun diese fehlende Voraussicht bitter. Anderseits war das Haus im Erdgeschoss von vielen Stellen aus zugänglich, man brauchte nur eine Fensterscheibe einzuschlagen. Keines der Fenster war vergittert.

»Warum rufen Sie nicht die Polizei?«, schlug ich vor und hielt ihr wieder das Handy hin.

»Danke, aber das ist nicht nötig. Es ist nutzlos, die Polizei nimmt mich nicht ernst. Arme kleine Laura!«, rief sie plötzlich aus. »Armes Kind! Da sehen Sie mal, in welchen Schlamassel Sie geraten sind, nur weil Sie gerne Englisch lernen wollen! Gott schütze Sie!«

Da hatte sie wohl völlig recht. Ich verabschiedete mich

bis zum nächsten Morgen und bat sie, mich zu rufen, wenn sie mich brauchte.

»Machen Sie sich keine Sorgen, und bleiben Sie vor allem in Ihrem Zimmer, auch wenn er versucht, mich umzubringen. Ihr Auftauchen würde alles noch schlimmer machen, er würde noch wütender werden.«

Wie Mrs Grose vorhergesagt hatte, tauchte ihr Exmann nachts um eins lärmend und tobend auf. Er öffnete die Eingangstür mit seinem eigenen Schlüssel, wie sie angenommen hatte, und schob mit seinen Riesenkräften den Schrank beiseite. Dann kam er die Treppe herauf, wobei er lautstark nach Annie schrie. Ich verstand nichts von dem, was er sagte, weil er englisch redete, aber ich nahm an, dass es sich um Flüche und Beleidigungen handelte. Obwohl ich mich hinter meiner verschlossenen Zimmertür sicher fühlte, fürchtete ich um Mrs Grose und beschloss, die Polizei anzurufen. In meinem England-Reiseführer waren alle Notrufnummern aufgelistet. Ich dachte, ich könne mich radebrechend schon irgendwie verständlich machen, und selbst wenn es eine Weile dauern würde, bis sie kämen, würde mich doch das Wissen beruhigen, dass jemand kam. Aber mein Handy funktionierte nicht, es gab keinen Ton von sich. Ich öffnete es, um zu sehen, ob die Karte richtig eingesteckt war, und stellte überrascht fest, dass sie fehlte. Ich konnte also nicht um Hilfe rufen. Das ist die gerechte Strafe für Mrs Groses Niederträchtigkeit, dachte ich, schließlich habe ich ihr helfen wollen. Das war ein echter Schlag unter die Gürtellinie. Es war eine Sache, mich daran hindern zu wollen, dass ich katalanisch sprach, und etwas völlig anderes, so radikal meinen Kontakt zur Außenwelt zu unterbinden. Ich war wütend und hilflos, fühlte mich hintergangen und war fest entschlossen, sie gleich am nächsten Morgen, wenn der Idiot von Ehemann verschwunden war, zur Rede zu stellen. Ich empfand keinerlei Mitleid mehr mit Mrs Grose. Vielleicht verdiente sie die Prügel ja, weil sie ein schlechter Mensch war.

Eine gute halbe Stunde lang hörte ich, wie gerannt wurde und Gegenstände zu Boden fielen, Geschrei und Gerangel, mal oben, mal unten. Endlich war es still, und einige Minuten später glaubte ich, wieder die Schritte des Mannes zu hören. Er ging die Treppe hinunter und zur Eingangstür hinaus, die krachend zuschlug. Ich lauschte auf irgendein Lebenszeichen von der Grose. Zum zweiten Mal stellte ich mir vor, sie sei tot. Wahrscheinlich würde ich der Polizei erklären müssen, was geschehen war, ich würde für das Fahndungsfoto eine Beschreibung ihres Mannes abgeben müssen, und wer weiß, ob das alles nicht meine Pläne durchkreuzte, von hier zu verschwinden, wozu ich inzwischen fest entschlossen war. Nicht ich war diejenige, die aufgab; die Umstände hatten für mich entschieden.

»Laura, bitte machen Sie auf, Richard ist weg.«

Es war Mrs Grose, sie klopfte an meine Zimmertür. Ihre Stimme klang flehend. Obwohl ich wütend auf sie war, öffnete ich die Tür. Sie trug ein zerrissenes Nachthemd und sah aus, als habe sie Schläge abbekommen, schien aber nicht ernsthaft verletzt zu sein.

»Darf ich reinkommen?«, fragte sie. »Darf ich bei Ihnen bleiben? Ich werde auf dem Sofa schlafen …«

»Dies ist Ihr Haus, Mrs Grose«, sagte ich. »Verfügen Sie nach Belieben über dieses Zimmer.«

Meine Stimme klang hart. Ihre Anwesenheit war mir unerträglich.

»Ich wollte Sie nicht stören. Legen Sie sich wieder ins Bett. Ich will nur eine Weile hier auf dem Sofa sitzen.«

Mir war unbehaglich zumute. Natürlich war nicht daran zu denken, zu Bett zu gehen, solange sie da war. Ich setzte mich neben sie, sie wirkte wie erstarrt. Sie war barfuß und zitterte.

»Ich mache Ihnen eine Tasse heiße Milch. Ist Ihnen das recht?«

Sie antwortete nicht, aber ich ging lieber in die Küche hinunter, als sie weiter in diesem aufgelösten Zustand zu sehen, zerzaust und halb nackt. Als ich wieder nach oben kam, lag sie in meinem Bett und schlief. Ich beschloss, den Rest der Nacht auf dem Kanapee in der Bibliothek zu verbringen. Mein Entschluss, gleich bei Tagesanbruch abzureisen, war unwiderruflich gefasst.

VIII

AM MORGEN NACH der großen Schlacht teilte ich Mrs Grose mit, ich würde gehen, weil ich nicht einen Augenblick länger ertrug, was ihr widerfuhr, und ebenso wenig, wie ich hier behandelt wurde, doch Mrs Grose flehte mich an, es um Himmels willen nicht zu tun. Sie fiel vor mir auf die Knie – von der Belastung knirschten ihre Knochen wie ein altes Möbelstück – und nahm meine Hand zwischen ihre Hände. Die feuchte Berührung war mir unangenehm. Vergeblich versuchte ich, mich loszumachen.

»Ich bitte Sie, kleine Laura«, sagte sie. »Gehen Sie nicht, denn wenn er herausfindet, dass Sie fort sind, wird er kommen und mich umbringen. Er hat es gestern nur nicht getan, weil Sie da waren und ihn gesehen hatten. Sie könnten ihn anzeigen …«

»Gehen Sie doch auch fort«, sagte ich. »Verlassen Sie das Haus. Zeigen Sie ihn an. Warum tun Sie das nicht? Das verstehe ich nicht.«

»Wenn ich könnte, würde ich es tun, aber es ist alles umsonst. Umsonst«, wiederholte sie, um die Dramatik ihrer Worte noch zu unterstreichen. »Er hat mir schon oft gesagt, dass er mir überallhin folgen wird, dass ich ihn niemals loswerde.«

Damit hatte sie allerdings recht, wie ich später verstanden habe. Das Psychologiehandbuch von Doktor T. S. Smith hat mir geholfen, einige der Fäden des verfilzten

Knäuels von Mrs Groses Persönlichkeit zu entwirren. Aber damals wusste ich noch nicht genug, um zum richtigen Schluss zu gelangen. Ich drängte noch einmal darauf, die Polizei zu informieren, dann kam ich auf mich zu sprechen. Ich konnte nicht dulden, dass sie sich an meinem Handy zu schaffen gemacht und es mir ohne Karte zurückgegeben hatte. Warum hatte sie das getan? Was trieb sie dazu? Warum wollte sie mich isolieren?, fragte ich sie empört, während ich immer noch versuchte, meine Hand aus den ihren zu ziehen, die sich wie ein riesiger, feuchter Lappen anfühlten.

»Es war keine Absicht«, antwortete sie. Dann gab sie eine absolut unglaubwürdige Erklärung zum Besten: Nachdem sie mit dem Arzt gesprochen habe, sei ihr das Handy zu Boden gefallen. Sie habe nachgesehen, ob es kaputt sei, und festgestellt, dass es nicht funktioniere, also habe sie es aufgemacht, um zu überprüfen, ob es einen Wackelkontakt habe. Dabei sei ihr die kleine Karte herausgefallen und verloren gegangen.

»Glauben Sie mir, kleine Laura, es stimmt. Ich habe sie überall gesucht. Glauben Sie mir doch, um Himmels willen, ich sage die Wahrheit.«

»Ich glaube Ihnen nicht, Mrs Grose, was Sie erzählen, ist nicht wahr. Das Handy ist Ihnen nicht heruntergefallen.«

Doch sie redete sich weiter heraus und verhedderte sich dabei immer mehr.

»Auf dem Balkon, es war auf dem Balkon, weil dort der Empfang besser war. Sicher ist sie fortgeflogen. Ich sage Ihnen die Wahrheit, ich schwöre es, Laura.«

Doch ich blieb bei meinem Entschluss, den Kurs abzubrechen. Ich bestand darauf, dass ich sofort abreisen wollte, weil unser Vertrauensverhältnis zerstört war. Außerdem fühlte ich mich in diesem abgelegenen Haus und in dieser feindseligen Atmosphäre nicht wohl. Es war mir egal, wenn ich den Kurs nicht beendete und dabei draufzahlte. Alles war mir egal, ich wollte nur weg, schleunigst verschwinden. Ich bat sie, mir meinen Koffer zu geben, damit ich packen und so schnell wie möglich nach Barcelona zurückfahren konnte, nach Hause.

»Wären Sie so freundlich, mich zum Bahnhof zu fahren?«, fragte ich sie schließlich.

Die Grose lachte, eines dieser Lachen, die mir ganz und gar nicht gefielen. Dann sah sie mich hämisch an.

»Auf keinen Fall, kleine Laura.« Seit sie am Abend zuvor angefangen hatte, mich so zu nennen – *little Laura* –, benutzte sie diesen Diminutiv alle zwei Sekunden. »Sie können nicht gehen, bevor der Kurs zu Ende ist, nein und nochmals nein. Sie haben einen ganzen Monat und einen Ausflug im Voraus bezahlt. Den Ausflug werden wir machen, wenn Sie diese Woche Ihre Prüfung bestehen, das verspreche ich Ihnen. Eins, zwei ... na los! Gehen Sie in Ihr Zimmer und duschen Sie, wenn Sie wollen. Ziehen Sie sich um, und dann kommen Sie zum Frühstück herunter. Nun machen Sie schon ...«

»Mrs Grose, ich muss Sie bitten, mir meinen Koffer zurückzugeben. Oder sagen Sie mir, wo er ist, und ich hole ihn mir selbst.«

»Zuerst wird gefrühstückt. Gehen Sie in die Küche, ich bereite gleich alles vor. Kommen Sie, helfen Sie mir.«

Ich folgte ihr in die Küche. Um sie nicht zu verstimmen, übernahm ich es, wie gewohnt die Teller und Milchschälchen auf den Tisch zu stellen, während sie die Spiegeleier machte und den *bacon* briet. Plötzlich begann der Toaster zu qualmen. Rasch warf ich ein feuchtes Tuch darüber.

»Sie sind verrückt, kleine Laura. Tun Sie das nie wieder. Zuvor muss man die Sicherungen herausdrehen. Wie dumm von Ihnen! Finden Sie nicht, dass ich mit Richard schon gestraft genug bin, müssen Sie mir auch noch das Leben schwer machen? Können Sie mir mal verraten, was ich mit Ihrer Leiche machen soll, wenn Sie hier sterben? Soll ich Sie im Garten vergraben?«

Einen Augenblick lang stellte ich mir vor, dass es da draußen vielleicht wirklich Leichen gab, die die üppig wuchernden Rosenbüsche düngten. Wer weiß, ob ich nicht auch als Dünger enden würde, wenn ich nicht schnell von hier verschwand.

»Habe ich Ihnen nicht erzählt, dass Jeremy hier beim Umgraben Knochen gefunden hat, die, wie sich später herausstellte, von einem Affen stammten? Das ist nicht weiter verwunderlich, denn der Mann meiner Tante hielt sich einen dressierten Affen.«

»Mrs Grose, bitte geben Sie mir den Koffer zurück«, bat ich.

»*Mrs Grose, bitte geben Sie mir den Koffer zurück*«, äffte sie mich täuschend ähnlich nach. »O nein. Ich denke nicht daran. Noch nicht. Es ist besser, Sie essen und halten den Mund, kleine Laura.«

Ich hatte Hunger, und so aß ich das Frühstück, ohne ein Wort zu sagen, wütend und fest entschlossen zu gehen, mit Koffer oder ohne, selbst wenn ich alles zurücklassen müsste, was ich mitgebracht hatte, obwohl es, wie das immer so ist, meine Lieblingssachen waren, die mir am besten standen.

»Ich weiß, was Sie denken«, brach sie das Schweigen in freundlichem Tonfall. Sie hatte englisch gesprochen, wechselte aber gleich wieder ins Spanische: »An Ihrer Stelle würde ich auch gerne abreisen. Ich verstehe das, aber es geht nicht. Ich setze meinen guten Ruf aufs Spiel, kleine Laura – und den Ihren. Oder wollen Sie auf die versprochene Beförderung verzichten? Sie reisen am 30. August hier ab, wenn Sie Englisch können, keinen Tag früher und keinen später, oder Sie müssen mich umbringen, das habe ich Ihnen ja schon gesagt. Laufen Sie, holen Sie Ihre Bücher, wir sind spät dran. Was für ein Tag ist heute?«

»Mittwoch«, antwortete ich.

»Ein Grund mehr, sich ranzuhalten. Diese Woche haben wir fast zwei Tage verloren, die müssen wir nachholen. Na los, beeilen Sie sich, ich gehe auch einen Augenblick nach oben, um mich umzuziehen.«

Ich verstand, dass Mrs Grose den Koffer nicht herausrücken würde. Wenn ich verschwinden wollte, musste ich das heimlich tun, denn sie würde mich nicht gehen lassen. Vielleicht blieb mir nichts anderes übrig, als bis zum Samstag zu warten, wenn die Putzfrauen kamen, oder den Ausflug zur *Sturmhöhe* zu akzeptieren, um fliehen zu können. Im ersten bewohnten Ort würde ich versuchen, zwischen den Leuten zu verschwinden, den Bahnhof suchen und in den Zug nach London steigen. Dann würde ich Jennifer anrufen und sie bitten, mir zu helfen, die Grose bei der Polizei anzuzeigen, damit ich meine Sachen zurückbekam. Aber weswegen konnte ich sie anzeigen? Weil sie meinen Koffer auf dem Dachboden zurückbehalten hatte? Weil sie mein Handy kaputt gemacht hatte – aus Versehen, wie sie sagte? Weil sie ohne Aufforderung in mein Bett gekrochen war? Das alles waren Lappalien. Die Polizei würde mich nur auslachen, ja, selbst Jennifer würde mich auslachen. Aber eines war klar: Mein Leben im Haus der Grose war unerträglich geworden. Ich fühlte mich als Gefangene einer Verrückten, die vielleicht die Misshandlungen des Idioten um den Verstand gebracht hatten. Aber dafür konnte ich schließlich nichts. Ich wollte einfach nur weg. Den ganzen Morgen über schmiedete ich Fluchtpläne, während die Grose, die mich mit drohendem Unterton gezwungen hatte, den Unterricht fortzusetzen, mir die Lektion erklärte. Wenn ich die Prüfung nicht bestünde, sagte sie, als sie merkte, dass ich nicht bei der Sache war, werde es keinen Ausflug geben, ich würde am Wochenende nicht rausdürfen. Ich bemühte mich, mir die verschiedenen Zukunftsformen des Englischen einzuprägen, vielleicht, weil die Zukunft das war, was mich im Moment am meisten interessierte. Sie war wie das rettende Stück Holz, an das ich mich nach dem Schiffbruch klammerte. Man sagt, dass die Angst lähmt, aber mir erging es an diesem Morgen genau umgekehrt. Die Angst, vereint mit dem Wunsch zu entfliehen, löste meine Zunge. Ich konjugierte die Verben, die sie mir vorsagte, fehlerlos und mit einer Aussprache, die sich – wie sie mir sagte, sicherlich, um sich bei mir einzuschmeicheln – seit meiner Ankunft gewaltig verbessert hatte.

»Ich werde Ihnen eine Belohnung geben müssen, kleine Laura«, teilte sie mir vor dem Mittagessen mit. »Sie haben das sehr gut gemacht, obwohl Sie kaum geschlafen haben und sehr besorgt sind.«

Mrs Groses Freundlichkeit brachte mich noch mehr in Harnisch, deshalb war ich ihr dankbar, dass sie beim Mittagessen kaum sprach, während ich im Geiste alle Fluchtmöglichkeiten durchspielte. Ich erwog sogar, den prügelnden Ex um Hilfe zu bitten, selbst wenn das bedeutete, dass er auch auf mich losging. Ich könnte versuchen, nachts fortzulaufen, während sie schlief, aber zu Fuß würde ich im Dunkeln nicht weit kommen. Das Fahrrad, das ich am Tag meiner Ankunft in einem Gartenwinkel gesehen hatte, war verschwunden. Ich hatte nur eine Chance: Ich musste den Wagen stehlen. Das tat ich besser tagsüber, wenn sie sich auf ihr Zimmer zurückzog und mich unten mit den Übungen allein ließ … Dazu brauchte ich zwei Dinge. Zuerst musste ich den Schlüssel für die Schrottkarre finden, und dann musste ich mein Geld, die Kreditkarten, das Rückflugticket und meinen Ausweis an mich nehmen.

Gleich nach dem Mittagessen erklärte ich, mir sei kalt, und zog mich auf mein Zimmer zurück. Die Temperatur war um ein paar Grad gefallen, draußen war es nasskalt, also sagte ich der Grose, ich wolle mich umziehen. Als Erstes aber suchte ich in der Schublade des *tallboy* nach den Pfund und den Euro, meinem Ausweis, den Kreditkarten und dem Ticket, die ich dort deponiert hatte. Einen Augenblick hatte ich befürchtet, dass ich die Schublade leer vorfinden würde, dass die Sachen weg wären. Aber glücklicherweise lag alles an seinem Platz; nicht ein Cent schien zu fehlen. Ich steckte alles in einen dieser Geldgürtel mit Reißverschluss, wie sie Touristen tragen, und zurrte ihn über der Unterwäsche fest. Dann zog ich mich um. Ich suchte mir einen weiten Pullover und eine Faltenhose aus, die die Ausbeulung verdeckten, tauschte die Hausschuhe gegen ein Paar bequeme Halbschuhe, falls ich würde laufen müssen, und ging in den Garten hinunter.

Ich hatte das Gefühl, dass die Grose zu den Leuten gehörte, die den Wagenschlüssel im Zündschloss stecken lassen. Ich ging zum Auto. Tatsächlich, da war er. Jetzt oder nie, dachte ich. Ich öffnete die Tür und sprang hinein. Dann ließ ich den Motor an. Die Hunde sprangen bellend um die Karre herum, und ich trat das Gaspedal durch, begleitet vom Gebell und dem Geschrei von Mrs Grose, die wütend auf den Balkon ihres Zimmers gestürzt war und ohnmächtig mit ansehen musste, wie ich davonfuhr. Ich beschloss, die Straße nach Ledbury einzuschlagen, die ich schon drei Mal gefahren war, obwohl das weiter war als bis zum *bed and breakfast*, dem nächsten Wohnhaus. Ich verließ mich lieber auf einen Weg, den ich kannte, als darauf, fremden Menschen erklären zu müssen, was geschehen war.

Ich war aufgeregt und hatte nur den Wunsch, so schnell wie möglich anzukommen. Einerseits triumphierte ich, weil ich das Gefühl hatte, eine Heldentat vollbracht zu haben, andererseits stimmte mich der Gedanke traurig, dass mein Englischkurs damit endgültig vorbei war.

Vielleicht lag es eher an Mrs Groses Verwünschungen als an meinem Ungeschick, dass der Wagen nach nur zwei oder drei Meilen plötzlich stehen blieb. Ich versuchte an die dreißig, vierzig Mal, ihn wieder anzulassen – vergebens. Ich öffnete die Motorhaube, obwohl ich keine Ahnung von Mechanik habe, und dann den Kofferraum. Womöglich war mir einfach nur das Benzin ausgegangen, und die Grose hatte vorsorglich einen Ersatzkanister im Kofferraum. Aber ich fand nur Gartengeräte, die Windelpakete und eine Kiste mit Sanitätsmaterial, Verbandszeug und Kanülen, vielleicht in Erwartung der Angriffe des Idioten. Mir blieb nichts anderes übrig, als zu Fuß weiterzugehen, aber ich konnte mich nicht entscheiden, ob ich nach Norden gehen und versuchen sollte, das Haus der Nachbarn zu erreichen, das relativ nahe lag, oder nach Süden, in Richtung Ledbury. Dieser Weg war viel weiter, außerdem würde ich ein Stück im Dunkeln laufen und auf der Landstraße ein Auto anhalten müssen, auf die Gefahr hin, dass mich ein Seelenverwandter Richards auflas, der in Ermangelung einer Bekannten, die er misshandeln konnte, seine Hand gegen das erstbeste weibliche Wesen erhob, das ihm über den Weg lief. Wenn ich allerdings auf dem Weg zurückging, den ich gekommen war, würde ich mich ins Unterholz schlagen und zusehen müssen, dass ich dem Haus der Grose nicht zu nahe kam, die sicherlich sehr wütend war und schon irgendetwas ausgeheckt hatte, um mich zurückzuholen, vor allem, wenn sie wusste, dass das Benzin alle war.

Ich beschloss, zum *bed and breakfast* zu gehen. Ich hatte keine andere Wahl. Bis dorthin konnte ich vor Anbruch der Dunkelheit zu Fuß gelangen. Ich wollte nicht riskieren, im Freien schlafen zu müssen. Da ich zügig ausschritt, war ich schon nach weniger als einer Stunde in Sichtweite von *Four Roses* angelangt. Als ich näher kam, verließ ich den Weg und ging in den Wald hinein, um mich vor Mrs Groses Blicken zu verbergen, die vielleicht schon auf der Lauer lag. Nach einer Weile kehrte ich wieder auf die Straße zurück, um möglichst schnell voranzukommen.

Auf meiner Uhr war es fünf; um drei war ich von zu Hause weggefahren. Es konnte nicht mehr weit sein bis zum *bed and breakfast*, wenn die Nachbarn tatsächlich, wie Mrs Grose gesagt hatte, nur eine Stunde Fußmarsch entfernt wohnten. In diesem Augenblick hörte ich einen Wagen näher kommen. Ich werde ihn anhalten, dachte ich, und versuchen, darum zu bitten, dass sie mich mitnehmen … Aber gleich darauf sah ich voller Entsetzen, dass es Mrs Grose war, die mit ihrer alten Karre angefahren kam. Ich hätte mir denken können, dass sie, hartnäckig, wie sie war, mit dem Fahrrad und einem Benzinkanister losgezogen war, um mich zu suchen. Sie hielt vor mir an: »Steigen Sie ein, oder ich überfahre Sie!«, sagte sie grimmig.

Ich rannte los, in Richtung Wald. Sie stieg aus dem Wagen und lief mir nach. Sie packte mich und versuchte, mir den Arm umzudrehen. Ich kratzte sie, damit sie mich losließ, und sie setzte sich beißend zur Wehr. Dann lockerte sie ihren Griff um mein Handgelenk, ohne loszulassen: »Sie böses Ding!«, sagte sie. »Was für eine Frechheit, mir mein Auto stehlen zu wollen! Zum Glück habe ich das Fahrrad repariert …« Tatsächlich, da war es, auf dem Dachgepäckträger festgebunden. »Na los, steigen Sie schon ein. Aber vorher geben Sie mir die Schlüssel zurück. Es ist so auf-

wändig, Schlüssel nachmachen zu lassen ... Wird's bald?«
Sie streckte ihre Hand vor meiner Faust aus.

Die Rückkehr verlief in Schweigen.

»Gehen Sie auf Ihr Zimmer, Sie undankbares Geschöpf«, sagte sie, als wir ankamen. »Von heute an wird der Unterricht dort stattfinden.«

IX

WIDERSTANDSLOS LIESS ich mich von Mrs Grose in mein Zimmer führen. Sobald sie weg war, schob ich den Riegel vor. Die Grose würde nicht hereinkommen, es sei denn, sie schlüge die Tür ein, machte ich mir Mut. Und ich würde bis Samstag ausharren, bis die Putzkolonne kam. Dank meines Vorrats an Müsliriegeln würde ich keinen Hunger leiden, und das Bad würde verhindern, dass ich verdurstete, und mir die Erniedrigung ersparen, meine Notdurft in irgendeiner Ecke verrichten zu müssen. Dennoch füllte ich die Vasen, die auf der Kommode standen, sowie Waschbecken und Badewanne für den Fall, dass die Grose mir das Wasser abstellte. Dann streckte ich mich auf dem Bett aus. Von der Aufregung hatte ich Herzrasen; das passiert mir manchmal, wenn ich unter starker Anspannung stehe, und in dieser Situation war es wahrhaft kein Wunder. Ich glaubte, Mrs Groses Stimme zu hören. »Lassen Sie mich rein, kleine Laura«, sagte sie, als wären wir die besten Freundinnen. »Ich bringe Ihnen das Abendessen.«

»Danke, Mrs Grose«, antwortete ich, wobei ich mich um den gleichen normalen Tonfall bemühte, in dem sie mit mir gesprochen hatte. »Aber ich bin schon im Bett.«

»Öffnen Sie, Laura. Es ist nur zu Ihrem Besten. Essen Sie etwas. Es ist nicht gut, mit leerem Magen schlafen zu gehen. Wenn es Ihnen lieber ist, gehe ich und lasse das Tablett vor der Tür stehen.«

»Machen Sie sich keine Mühe. Gute Nacht und vielen Dank«, erwiderte ich mit demselben Hohn, der in ihrer höflichen Bitte gelegen hatte.

»Träumen Sie auf Englisch«, riet sie mir zum Abschied.

Ich lag die ganze Nacht wach. Die Tabletten nützten nichts. Ich hatte Angst. Ich fragte mich, was aus mir werden würde und wie ich fliehen könnte. Manchmal fühlte ich mich stark genug, mich ihr zu widersetzen, dann wieder hatte ich das Gefühl, ihr ausgeliefert zu sein, und überlegte, ob sie mich umbringen wollte. Aber wenn sie das ernsthaft vorhatte, sagte ich mir, um mich zu beruhigen, hätte sie mich wohl kaum in mein Zimmer gelassen, das man ja schließlich von innen verriegeln konnte. Sie hätte mich in den Keller gesperrt. Ich dankte Gott, dass ich nicht dort im Dunkeln saß, zwischen Kakerlaken und riesigen Ratten – als ich einmal morgens meine Unterwäsche im Keller gewaschen hatte, hatte ich sie gesehen; seitdem wusch ich meine Sachen im Bad aus. Vielleicht wollte die Grose mich einfach nur einschüchtern. Sie war verrückt, eine Mörderin war sie jedoch nicht. Zwar hatte sie mich überfahren wollen, aber ich hatte ja auch ihr Auto gestohlen ... Vielleicht wollte sie tatsächlich nur erreichen – wenn auch mit sehr eigenartigen Methoden –, dass mein Englisch besser wurde. Aber kein vernünftiger Mensch hätte sich benommen wie sie. Und kein vernünftiger Mensch hätte sich benommen wie ich, dachte ich mir, und das Angebot der Grose angenommen, ohne sie zu kennen ...

Im Morgengrauen schlief ich vor Erschöpfung ein, und ich muss wohl fest geschlafen haben, denn ich merkte erst, dass die Grose neben mir saß, als der Stuhl, der am Kopfende meines Bettes stand, unter ihrem Gewicht knarrte.

»Wollen Sie den Unterricht lieber im Liegen abhalten, meine liebe Laura?«

Unwillkürlich fuhr ich auf; das musste ein Albtraum sein. Aber nein, sie saß immer noch da, in einem neuen, papageiengrünen Kittel, in dem sie aussah wie eine Vogelscheuche. Wie ist sie bloß reingekommen?, fragte ich mich.

Mrs Grose musste meine Gedanken gelesen haben wie schon einige Male zuvor, denn sie beantwortete die unausgesprochene Frage: »Na, durch die Tür, wie denn sonst?«

Ich sah zur Tür hinüber. Der Riegel war vorgeschoben, ganz so, wie ich sie hinterlassen hatte.

»Ein Haus mit zwei Türen ist schwer zu hüten«, sagte sie und wies auf den Schrank. »Glauben Sie wirklich, kleine Laura, ich würde zulassen, dass Sie sich in Ihrem Zimmer einschließen und den Unterricht versäumen? Das kommt nicht infrage! Ich kann durch die Dienstbotentür ein- und ausgehen.« Sie lachte.

Ich rieb mir die Augen. Ich glaubte zu träumen. Vielleicht erschienen mir im Traum die Geister, die Lord Thames beschworen hatte, und gingen durch die Wände? Aber nein, Mrs Grose war kein Geist. Wer einen so ranzigen Geruch verströmte, konnte kein Geist sein. Geister riechen nicht. Doch wie war sie hereingekommen? Wo? Ich sah zum Schrank hinüber. Es war nicht schwer sich vorzustellen, dass es an der hinteren Wand eine Tür gab, die ich nicht bemerkt hatte. Jetzt verstand ich, warum es ihr vollkommen gleichgültig war, wenn ich mich einschloss, und ich fühlte mich noch elender. Ich war ihr tatsächlich auf Gedeih und Verderb ausgeliefert. Allerdings verstand ich nicht, was sie mit mir vorhatte. Wollte sie mich umbringen? Mich berauben? Da war nur wenig zu holen: ein paar Pfund, an die hundert Euro … Würde sie mich zwingen, Geld auf ihr Konto zu überweisen, bevor sie mich gehen ließ? Oder würde sie das Geld nach und nach mit meinen Kreditkarten abheben? Vielleicht trieb sie auch etwas anderes: Sie war Sadistin und hatte Spaß daran, Menschen zu quälen. Im Grunde genommen hatte sie schon damit angefangen, und es würde immer schlimmer werden. Vielleicht hatte sie mich als Schülerin ausgesucht, weil ich keine Familie hatte und sie glaubte, dass mich so schnell niemand vermissen würde. Ich saß in der Falle, es gab kein Entrinnen. Bei diesem Gedanken brach ich in Tränen aus. Sie drohte mir: »Seien Sie still, ich ertrage es nicht, wenn jemand weint. Schlucken Sie Ihre Tränen hinunter, das Geheule bringt mich aus der Fassung. Weinen Sie nicht …«

»Bitte, Mrs Grose, lassen Sie mich gehen«, flehte ich sie an und versuchte, mein Schluchzen zu unterdrücken.

»Natürlich lasse ich Sie gehen, sobald der Kurs vorbei ist und Sie genug Englisch können. Ich habe Sie nur eingeschlossen, weil ich Ihnen nicht über den Weg traue, wissen Sie? Sie wollten den Unterricht schwänzen, und das kann nicht sein, das kann ich unter keinen Umständen zulassen. Nein, nein, diesmal nicht«, fügte sie hinzu.

Eine Zeit lang starrte sie schweigend aus dem Fenster, reglos, mit verlorenem Blick. So hatte ich sie schon einmal gesehen, in der Nacht, in der sie sich in mein Bett gelegt hatte. Nach einer Weile stand sie auf, ging im Zimmer hin und her und sagte: »Es ist Ihre letzte Chance. Das haben Sie bei Ihrer Ankunft selbst gesagt. Und meine auch, verstehen Sie? Als ich jung war, habe ich als Hauslehrerin gearbeitet. Das gab es damals kaum noch, aber diese Familie war – wie soll ich sagen? – anders. Sie waren reich, sehr reich. Ich musste ihre dummen Gören unterrichten, die nicht lernen wollten. Frech waren sie und ungezogen, haben sich über mich lustig gemacht. Damals war ich sehr jung und unsicher, außerdem war ich arm. Das war eine schreckliche Zeit. Sie waren nicht nur ungebärdig, sie waren bösartig. Ich habe alles geduldig ertragen, aber es hat nichts genützt, sie haben mich trotzdem auf die Straße gesetzt ... Dabei unterrichte ich gern. Ich glaube, ich habe die Eigenschaften, die es dafür braucht: Geduld, viel Geduld ... Ist es nicht so, kleine Laura?«

»Ja«, antwortete ich.

»Ich kann gut erklären, nicht wahr? Nun, nach all den vielen Jahren, die ich an der Schule gearbeitet habe, nach fast neunzehn, haben sie vor nunmehr knapp drei Jahren gewagt, mich anzuzeigen. Und wissen Sie, wieso? Wegen Misshandlung! Zwanzig verfluchte Schüler haben mich wegen Misshandlung angezeigt, und keiner von ihnen hat zugeben wollen, dass sie mir ihr Englisch zu verdanken hatten, dass mein Unterricht ihnen geholfen hatte, sich weniger als Fremde zu fühlen. Misshandelt ... So was! Wären Sie auch fähig, mich wegen Misshandlung anzuzeigen, wo ich doch nichts anderes will, als Ihnen Englisch beizubringen?«

Ich antwortete nicht. Ich fühlte mich außerstande, etwas zu sagen. Ich habe viele dumme Menschen kennengelernt, sehr viele, denn es gibt mehr von ihnen, als man sich vorstellen kann, aber noch nie war ich jemandem begegnet, der so verrückt war wie die Grose.

»Nun, meine Freundin«, sagte sie unvermittelt, »genug gefaulenzt, auf jetzt. Wir müssen anfangen zu arbeiten. Duschen Sie, ziehen Sie sich um, tun Sie, was Sie wollen, aber in einer Viertelstunde will ich Sie fix und fertig sehen. Ich mache Ihnen Frühstück, etwas Leichtes. Da Sie ja gestern nicht zu Abend essen wollten, sollten Sie sich jetzt nicht den Magen vollschlagen.«

Sie ging zur Zimmertür, schob den Riegel zurück und schloss von außen ab. Rasch öffnete ich die Schranktür und sah, dass in die Rückwand des Schrankes eine Tür eingelassen war. Auch sie war verschlossen. Ich duschte schnell und zog mich an. Dann öffnete ich die Fenster, nahm die Bücher, setzte mich an den Tisch und wartete auf die Grose. Sie ließ nicht lange auf sich warten. Sie klopfte an die Tür, eine ebenso höfliche wie unter diesen Umständen überflüssige Geste.

»Machen Sie auf, kleine Laura, bitte«, sagte sie. »Ich trage das Frühstückstablett.«

»Ich habe keinen Schlüssel«, antwortete ich, »und der Riegel ist nicht vorgeschoben.«

»Entschuldigen Sie, das hatte ich vergessen. Wie unaufmerksam von mir!« Ich hörte, wie sie das Tablett auf dem Boden abstellte und dann die Tür aufschloss.

»Ich bringe Ihnen Tee und heißen Pfirsich mit Sahne. Das ist doch Ihr Lieblingsnachtisch, nicht wahr? Oder irre ich mich?«

Ich habe Ihnen ja schon gesagt, wie sehr ich diese klebrigen, heißen Pfirsiche hasste, die in Sahne schwammen. Ich hatte es ihr nie gesagt, aber sie muss es dem angewiderten Gesichtsausdruck entnommen haben, den ich aufsetzte, wenn ich sie aß. Ich würgte sie hinunter, weil ich hungrig war. Sie blieb vor mir stehen, bis ich aufgegessen hatte, dann räumte sie ab und ging hinaus. Die Tür ließ sie offen. Sie wusste, dass es für mich kein Entrinnen gab, deshalb kam sie gar nicht erst auf die Idee abzuschließen. Ich sah nach, ob der Schlüssel steckte – dann hätte ich von innen abschließen können. Aber nein, sie hatte ihn mitgenommen. Dann sah ich auf die Uhr: Es war elf. Nach nicht einmal fünf Minuten war sie zurück.

»Wir machen da weiter, wo wir gestern stehen geblieben sind«, sagte sie auf Spanisch. Plötzlich schlug sie sich vor die Stirn, als wäre ihr etwas eingefallen, und fuhr auf Englisch fort: »Wo war ich nur mit meinen Gedanken! Alles auf Englisch.« Das wiederholte sie zwei, drei Mal.

Der Unterricht verlief ganz normal, so als wäre ich nicht ihre Gefangene. Ich gab mir Mühe, mich auf das Englisch zu konzentrieren, aber es wollte mir nicht gelingen. Ich musterte die Gegenstände in meinem Zimmer und überlegte, welcher wohl am handlichsten wäre und mir am wirkungsvollsten zur Verteidigung dienen könnte. Wenn es mir am Samstag nicht gelang, das Reinigungspersonal auf mich aufmerksam zu machen, wenn ich ihnen nicht begreiflich machen konnte, dass die Grose mich meiner Freiheit beraubt hatte und mich gegen meinen Willen hier festhielt, würde ich versuchen zu fliehen, selbst wenn ich sie dafür umbringen müsste, bevor sie mich umbrachte. Ich bereute es, das Messer in der Tate Gallery zurückgelassen zu haben. Das Einzige, was ich besaß, war eine Nagelschere. Ich beschloss, sie immer bei mir zu tragen, ebenso wie meinen Ausweis, das Geld, das Ticket und die Kreditkarten. Noch hatte sie mich nicht gefilzt.

»Sie sind heute Morgen sehr unaufmerksam, kleine Laura«, sagte sie, wiederum auf Spanisch. »So wird das nichts. Sehen Sie denn nicht, dass wir so nicht vorankommen?«

»Bitte, Mrs Grose, haben Sie Mitleid mit mir. Lassen Sie mich gehen.«

»Nicht um alles Gold der Welt«, erwiderte sie mit einer jener Redewendungen, die ihr vermeintlicher Ex ihr angeblich vermacht hatte.

»Ich kann mich nicht konzentrieren. Bitte, Mrs Grose, ich glaube nicht, dass ich das ertragen kann. Ich habe Herzrasen. Es geht mir schlecht ...«

»Wenn Sie nörgeln, werde ich andere Saiten aufziehen, das schwöre ich Ihnen!« Mit diesen Worten ging sie türenknallend hinaus und schloss wieder ab.

Ich versuchte, mich und die Lage in den Griff zu bekommen. Heute war Donnerstag. Am Samstag würden die

Putzfrauen kommen. Am Samstag war alles vorbei. Nur noch zwei Nächte und nicht einmal zwei Tage. Ich musste ausharren. Ausharren, mich verstellen, ihr gehorchen, ihr nach dem Mund reden, nicht widersprechen, zu allem ja und amen sagen. Warten, ohne zu verzweifeln. Ich versuchte, meine Hausaufgaben zu machen, noch mehr Verben zu lernen. Vielleicht war sie tatsächlich so komplett verrückt, dass sie bei all dem nur mein Englisch im Sinn hatte. »Sie kommen hier nur weg, wenn Sie Englisch können – oder über meine Leiche ...« Ihre Worte klangen mir noch in den Ohren. Ich dachte an die Horrorfilme, in denen Leute Ähnliches erlebten wie ich: *Der Fänger, Misery* ... Die Verrückte aus *Misery* ähnelte Mrs Grose. Ausharren, mindestens zwei Tage lang ausharren. Die Stunden schlichen dahin. Ich versuchte zu lernen, ohne Erfolg.

Um die Mittagszeit kam die Grose mit einem Tablett zurück, auf dem wieder ein Teller mit heißen Pfirsichen stand. Ich aß alles auf. Dann ging sie, ohne ein Wort zu sagen. Den ganzen Nachmittag lang hörte ich sie treppauf, treppab gehen und glaubte, wieder das gleiche Schluchzen zu vernehmen wie zuvor. Ich stellte mir vor, dass in den Zimmern, die Mrs Grose mir nicht hatte zeigen wollen, meine Vorgängerinnen aus früheren Kursen eingeschlossen waren. Wer weiß, wie lange sie schon dort waren, angekettet und geschwächt von schlaflosen Nächten. Vielleicht führte sie mit ihnen ein makabres Experiment durch und hielt sie deshalb am Leben. Hatte ich im Auto nicht Sanitätsmaterial gesehen? Und hatte ich nicht gesehen, wie sie einen Körper fortgeschleppt hatte? Mein Gott! Möglicherweise war mein Zimmer, in dem, wie sie mir erzählt hatte, auch ein Verbrechen geschehen war, nur die Vorstufe zu einem wesentlich finstereren Kerker? Samstag, ich musste bis Samstag warten. Und wenn samstags niemand kam?

Und wenn es gar keine Putzkolonne gab? Und wenn diese Putzkolonne aus Sadisten wie ihr bestand, ihren Komplizen? Ich konnte an nichts anderes denken.

Am Nachmittag kam sie wieder, diesmal nicht durch die Haupttür, sondern durch die Tür im Schrank.

»Entschuldigen Sie bitte, ich konnte nicht früher kommen. Ich hatte oben zu tun.« Sie zeigte auf die Decke. »Ich habe die *teatime* verpasst und hatte keine Zeit, Abendessen zu machen. Es ist aber noch was von dem Nachtisch da, den Sie so gerne mögen, Sie Naschkatze. Lassen Sie mich mal die Hausaufgaben sehen. Wie ist es gelaufen?«

Sie warf einen Blick auf mein Heft.

»Die sind ja noch nicht fertig. Beeilen Sie sich, oder es gibt kein Abendessen.«

Ich versuchte zu tun, was sie sagte.

»Ich werde nicht eher gehen, als bis Sie fertig sind, kleine Laura. So geht das nicht. Was würde die Mama sagen? Sie würde sehr mit mir schimpfen. *Annie, das ist unverantwortlich*«, sagte sie in einer Stimme, die ich nicht kannte.

Mir wurde von Stunde zu Stunde klarer, dass ich einer Verrückten in die Hände gefallen war. Wahrscheinlich war sie schizophren, und ich wusste nicht, wie ich mit ihr umgehen und wie ich mich verhalten sollte. Vielleicht klaffte irgendwo in ihrem kranken Hirn ein winziger Spalt für Mitleid, aber wie sollte ich dorthin vordringen? Im Augenblick sah ich nur einen Ausweg: Ich musste die Prüfung bestehen, um den Ausflug zur *Sturmhöhe* machen zu dürfen, aber das erschien mir sehr schwierig. Vielleicht musste ich mich wirklich nach Kräften bemühen. Vielleicht war es die einzige Möglichkeit, der Gefangenschaft zu entfliehen.

»Kommen Sie, ich helfe Ihnen.«

Sie zog einen Stuhl heran, setzte sich und korrigierte alles, was ich gemacht hatte. Dann forderte sie mich auf, weiterzumachen, und drohte: »Erledigen Sie das, oder es gibt kein Abendessen. Das habe ich Ihnen schon gesagt. Ungehorsame Kinder muss man so behandeln. Es bleibt einem nichts anderes übrig.«

X

AN DIESEM ABEND brachte sie mir tatsächlich kein Essen. Ich aß den ersten Müsliriegel, der mir im Vergleich zu den heißen Pfirsichen köstlich mundete. Mithilfe zweier Tabletten gelang es mir einzuschlafen. Ich dachte, dass es keinen Sinn hatte, wach zu bleiben, dass es besser war auszuruhen. Je ausgeruhter ich war, desto eher konnte ich jede sich bietende Fluchtmöglichkeit nutzen. Um Punkt acht Uhr dreißig erschien Mrs Grose mit dem Frühstückstablett. Sie schien guter Laune zu sein und brachte mir endlich etwas anderes als die widerlichen Pfirsiche: Spiegelei mit *bacon*, Marmeladentoast und Tee mit Milch.

»Sie haben doch sicher Hunger, nicht wahr?«, fragte sie mich freundlich lächelnd.

»Ja«, antwortete ich.

»Ich bringe Ihnen ein leckeres Frühstück, aber das kriegen Sie nur, wenn Sie brav gelernt haben. Mal sehen.«

Sie stellte das Tablett auf die Kommode und ging zum Tisch hinüber. Dann winkte sie mir zu, ebenfalls Platz zu nehmen, und fragte mich die Futurformen ab. Ich antwortete recht gut, und sie schien zufrieden.

»Ich erlaube Ihnen, das halbe Frühstück zu essen. Ein halbes Spiegelei, einen halben Toast«, sagte sie und brachte das Tablett an den Tisch.

Ich räumte die Bücher beiseite. Sie ließ mich das Ei in

der Mitte teilen. Das Eigelb lief aus. Da nahm sie einen Löffel und maß es ab: dreieinhalb Löffel.

»Sie dürfen einen drei viertel Löffel essen, kleine Laura. Nicht mehr. Einen für den Papa, einen für die Mama ... Schön den Mund aufmachen.«

Sie wollte mich füttern wie ein kleines Kind. Das erschien mir so entsetzlich albern, dass ich das Gefühl hatte, im Kino zu sein, in einem überdrehten Film, oder mitten in einem absurden Traum. Undenkbar, dass mir das wirklich widerfuhr! Womit hatte ich das verdient? Diese Situation hatte nichts mehr mit meinem Wunsch zu tun, Englisch zu lernen, aber sie war die Folge davon.

An diesem Morgen bestand die Grose darauf, mich zu füttern. Vielleicht war sie in Gedanken wieder zu ihrer Zeit als Hauslehrerin zurückgekehrt und sprach deshalb mit mir wie mit dem störrischen kleinen Mädchen, das sie damals hatte ertragen müssen. Das Eigelb, das ich nicht essen durfte, war vom Teller auf das Tablett gelaufen.

»Du kleiner Schmutzfink, sieh mal, was du angerichtet hast«, sagte sie.

Ich ließ mich auf ihr Spiel ein. »Es tut mir leid, Mrs Grose«, sagte ich mit Kinderstimme.

»Versprichst du mir, dass du ein braves Mädchen sein wirst?«

»Ja, ja.« Ich nickte ängstlich, als wäre ich vier oder fünf.

»Nun gut, dann gehen wir jetzt spazieren. Welches Kleid soll ich dir anziehen?«

»Keins, ich mag das, was ich anhabe«, antwortete ich.

Die Vorstellung, dass die Grose mich anrühren könnte, um mich umzuziehen, widerte mich an.

»Nein, wir ziehen lieber ein anderes an, ein hübscheres.«

Sie ging zum Schrank und suchte eine Bluse und einen Rock ohne Taschen aus, beides eng geschnitten, sodass ich darunter keinen Bauchgurt tragen konnte. Dann befahl sie mir, mich umzuziehen. Ich gehorchte. Was blieb mir anderes übrig? Aber zuvor bat ich sie, auf Toilette gehen zu dürfen. Zum Glück erlaubte sie es mir. Ich versteckte die Tasche mit meinen Besitztümern hinter dem Wasserkasten. Während ich im Bad war, hatte sie meine Kleider auf dem Bett ausgebreitet.

»Komm, kleine Laura, ich helfe dir beim Anziehen.«

»Das ist nicht nötig«, sagte ich mit meiner Erwachsenenstimme.

»Na gut, mal sehen, wie du es machst.«

Von plötzlicher Scham überkommen, wandte ich ihr den Rücken zu. Ich versuchte, mich so schnell wie möglich auszuziehen. Ich ertrug die Vorstellung nicht, auch nur für eine Sekunde die Hände der Grose auf meinem Körper zu spüren.

»Du bist aber groß geworden. Seit wann trägst du denn einen Büstenhalter?«

Ich antwortete nicht. Sobald ich angezogen war, nahm sie mich bei der Hand, und wir gingen die Treppe hinunter. Sie führte mich in den Garten. Dort holte sie eine Schere aus der Tasche und begann, Blumen zu schneiden.

»Für dich«, sagte sie zu mir. »Für dein Zimmer.«

Wir gingen wieder hinauf. Dort ließ sie mich allein. Sie legte die Blumen aufs Bett, ging wortlos hinaus und schloss wieder die Tür ab. Freitag, dachte ich, heute ist Freitag. Morgen ist alles ausgestanden. Ich werde es aushalten, ich werde Laura sein, die kleine Laura, oder wer immer ich sein muss, wen auch immer ich spielen muss. Morgen ist alles vorbei. Morgen früh um acht, sobald die Putzfrauen kommen, werde ich vom Balkon herunter um Hilfe rufen. Die können sie mir nicht verweigern, sagte ich mir, ganz gewiss nicht. Zur Not würde ich aus dem Fenster springen.

Zwar hatte ich mir ausgerechnet, dass ich den Sprung nicht überleben würde, aber ich würde lieber zerschmettert am Boden enden als hier in diesem Zimmer. Ich war froh über jede Stunde, die verstrich. Noch nie hatte ich mir so sehr gewünscht, die Zeit möge schneller vergehen, und noch nie war sie so langsam vergangen. Ich lag auf dem Bett und versuchte mir vorzustellen, ich sei irgendwo da draußen, weit weg, flüchtete mich in Erinnerungen an die glücklichen Tage meiner Kindheit. Hinter meinen geschlossenen Lidern stellte ich mir vor, ich sei wieder als kleines Mädchen in den Ferien bei den Großeltern und würde mit dem Nachbarsjungen spielen. Wir waren damals unzertrennlich gewesen. Wie schade, dass ich ihn nie wiedergesehen hatte! Nach dem Tod meiner Großeltern hatte meine Mutter das Haus in Sant Hilari verkauft. Diese Bilder trösteten mich ein wenig, aber nicht für lange. Gleich darauf schlug ich die Augen wieder auf und ließ meinen Blick über jeden einzelnen Gegenstand im Zimmer schweifen, um zu sehen, welcher am besten als Schlaginstrument taugte, denn ich war von dem Gedanken besessen, mich verteidigen zu müssen. Ich sagte mir, dass es noch schlimmer wäre, im Keller eingeschlossen zu sein, und versuchte, nicht daran zu denken, damit die Grose nicht etwa auf den Gedanken kam, mich dort einzusperren. Mir war aufgefallen, dass in den knapp zwei Wochen, die ich jetzt hier war, zwischen uns so etwas wie Gedankenübertragung stattgefunden hatte, oder besser gesagt, dass sie meine Gedanken lesen konnte. Wieder und wieder fragte ich mich, wo wohl der schwache Punkt dieser Frau war. Was konnte sie zu Mitleid oder Gnade bewegen? Hatten die Misshandlungen ihres Ex sie in den Wahnsinn getrieben? War sie immer noch in ihren Mann verliebt, obwohl der sie umbringen wollte? Ich fragte mich, wie es möglich war, dass man so den Verstand verlor. Welche Mechanismen spielten dabei eine Rolle? Aber ich fand keine Antwort. Um die Angst zu vertreiben, die mich zu überwältigen drohte, schmiedete ich Pläne. Wenn ich hier heil herauskomme, sagte ich mir, werde ich weniger arbeiten und mich mehr um mich selbst kümmern. In letzter Zeit hatte ich mich ziemlich gehen lassen; seit ich festgestellt hatte, dass die Männer mich nicht mehr beachteten, war ich nicht mehr zum Friseur gegangen wie früher, als ich noch geglaubt hatte, ich könne jemandem gefallen, und lief ungeschminkt herum. So ersparte ich es mir, beim Warten die Gespräche von Leuten mit anhören zu müssen, die glücklicher waren als ich, oder in Zeitschriften zu blättern, auf deren Seiten sich der Jetset tummelte, berühmte Menschen mit einem Leben voller Glamour, das meinem eigenen unscheinbaren, einsamen Leben Hohn zu sprechen schien. Wenn ich mich nicht schminkte, brauchte ich mich abends vor dem Schlafengehen auch nicht abzuschminken, was mir immer lästig gewesen war. Sollte ich das hier lebend überstehen, schwor ich mir, würde ich es feiern, als hätte ich im Lotto gewonnen. Ich würde das Englischlernen ein für alle Mal an den Nagel hängen und nach Herzenslust alle spanischsprachigen Länder bereisen. Ich würde bei der Arbeit um vierzehn Tage unbezahlten Urlaub bitten. Den würden sie mir sicher gewähren. Ich träumte davon, mich in einem Fünf-Sterne-Wellnesshotel einzuquartieren und in Öl, Algen, Schokolade, Wein oder irgendeiner anderen revitalisierenden Schweinerei zu baden und mich von Kopf bis Fuß massieren zu lassen, sodass ich hinterher wie neugeboren war. Ich träumte auch – warum sollte ich es verschweigen? – von einem einsamen Herzen wie dem meinen, einem männlichen, wohlgemerkt, das unter einem muskulösen Brustkorb schlug. Die Hoffnung stirbt zuletzt, heißt es, und das stimmt. Vielleicht treibt uns der Lebenswille, uns so verzweifelt an sie zu klammern, wie ich es in jenem Augenblick tat. Es ließ sich natürlich nicht mit meiner verzweifelten Lage vergleichen, aber wenn ich Wohnungen vorführte, hatte ich oft beobachtet, dass wir alle, ganz gleich, ob arm oder reich, die Hoffnung hegen, dass das Leben uns endlich zulacht, dass man nur daran glauben muss, dass alles besser wird und dass eines schönen Tages unsere Träume in Erfüllung gehen.

Ich lenkte mich ab, so gut ich konnte, indem ich versuchte, das Einmaleins auf Englisch herzusagen, und sogar den Rosenkranz betete. Bis zur Pubertät war ich praktizierende Katholikin, jetzt bin ich es nicht mehr. Trotzdem entsann ich mich – genau, wie wenn ich im Flugzeug sitze und es Turbulenzen gibt – meines alten Glaubens und bat Gott und die Jungfrau Maria, mich aus dieser Gefangenschaft zu erlösen. Ich versprach, großzügig Almosen zu geben, abstinent zu bleiben, zu fasten, mich zu kasteien, Opfer aller Art zu bringen, Messen und sogar Votivbilder zu stiften. All das erschien mir wenig, wenn mich unser Herrgott nur heil hier herausholte.

Es muss so gegen vier gewesen sein, als die Grose sich wieder blicken ließ. Als sie mich auf dem Bett liegen sah, befahl sie mir aufzustehen.

»Ich habe Sie allein gelassen, damit Sie lernen, und stattdessen halten Sie ein Schläfchen! Sie sind eine Faulenzerin, stehlen dem lieben Gott die Zeit. Oder dachten Sie etwa, ich hätte vergessen, dass heute Freitag ist und die Prüfung ansteht? Los, aufstehen, wird's bald?«

Ich wollte ihr nicht widersprechen, und so setzte ich mich an den Tisch vor die aufgeschlagenen Bücher und Hefte. Sie zog einen Stuhl heran und setzte sich ebenfalls.

»Sehen Sie, Laura, da Sie nun einmal hier eingesperrt sind und mich hassen, dachte ich, dies sei der richtige Moment, Ihnen Schimpfwörter beizubringen. Die schlimmsten Wörter der englischen Sprache. Sie sind gut, um Dampf abzulassen, das kann ich Ihnen sagen. Schimpfwörter, Flüche und Gebete, damit Sie Gott um Hilfe bitten können. Das ist das Beste, was Sie in Ihrer Lage tun können.«

Ich starrte sie verblüfft an. Sie merkte es nicht.

»Mal sehen: Welche Schimpfwörter kennen Sie auf Englisch? Und auf Spanisch? Da kennen sie doch sicher einige, oder? Und auf Katalanisch? Oder gehören Sie etwa zu den Leuten, denen nichts Schlimmeres einfällt als ›sapperlot‹?« Sie sang: »*Trat ich neulich vor die Türe, sapperlot, was sah ich da? Tanzte doch die Gans Agathe mit dem Truthahn Cha-Cha-Cha* ... Wie geht das Lied weiter?«

»Ich weiß es nicht. Keine Ahnung.«

»Schade! *Trat ich neulich vor die Türe, sapperlot, was sah ich da* ... Ich wollte immer wissen, wie es mit der Gans und dem Truthahn weitergeht ...« Sie legte wieder los. »Welche Lieder kennen Sie?«

»Nur wenige. Ich singe falsch, ich habe kein gutes Gehör.«

»Das brauchen Sie mir nicht zu sagen. Es reicht mir schon zu hören, wie Sie meine Muttersprache malträtieren, die schöne Sprache Shakespeares. Erinnern Sie sich an *Clavelitos*? Dieses alberne spanische Studentenlied. Er hat es immer gesungen, der Idiot, meine ich. Kommen Sie, singen Sie mit mir *Clavelitos* ...«

Ich gehorchte. Wenn jemals irgendwer einen Essay über seelische Folter schreiben will, soll er sich bei mir melden. Ich könnte ihm jede Menge Beispiele nennen. Die Grose war ein Fall wie aus dem Bilderbuch.

»Sie singen ja ganz falsch! Mein Gott, das klingt schaurig!«

Da hatte sie recht.

»Als Kind bin ich aus sämtlichen Chören rausgeflogen«, sagte ich.

»Das wundert mich nicht! Auf jetzt, machen wir uns an die Arbeit. Die Freistunde ist vorbei! Welche Schimpfwörter kennen Sie auf Spanisch? Na los, trauen Sie sich! Sie werden sehen, das entspannt.«

Diese Verrückte hielt mich offensichtlich für eine Zimperliese. Sicher amüsierte sie sich königlich mit mir. Es machte ihr Spaß, mich zu erniedrigen. Ich stieß einen Schwall Schimpfwörter aus.

»Sehr gut, kleine Laura, sehr gut. Und jetzt auf Englisch: *Fuck you, motherfucker, damn you, shit ...*«

Den ganzen Nachmittag beteten wir Schimpfwörter rauf und runter. Wäre meine Lage nicht so jämmerlich gewesen, hätte ich es lustig gefunden. Mrs Grose in ihrem schmuddeligen Kittel, das Gesicht grün und blau von den Schlägen, und ich in meinem Georgetterock und der dazu passenden Faltenbluse, der elegantesten Kombination, die ich besaß und die ich im letzten Augenblick in den Koffer gesteckt hatte, falls ich auf eine Party eingeladen würde oder ein Konzert besuchte. Als sie sicher sein konnte, dass ich alle Schimpfwörter in- und auswendig kannte, ging sie zum Vaterunser und dann zum Ave-Maria über.

»Jetzt können Sie auf Englisch beten«, sagte sie, »das wird Ihnen sehr nützlich sein.«

Ich fragte sie, ob sie Katholikin sei.

»Selbstverständlich«, antwortete sie. »Praktizierende Katholikin. Ich gehöre zu der kleinen Minderheit von Engländern, die dem Papst folgen. Als meine Tante noch am Leben war, wurde hier die Messe gehalten. Sonntags besuche ich die einzige katholische Kirche hier in der Gegend, auch wenn ich eine Ewigkeit unterwegs bin. Sie liegt noch hinter Ledbury.«

Diese Nachricht stimmte mich froh. Falls am nächsten Tag die Putzfrauen nicht kamen, konnte ich vielleicht am Sonntag fliehen, während sie den Feiertag heiligte. Ich log, behauptete, ebenfalls praktizierende Katholikin zu sein, berief mich auf die Werke der Barmherzigkeit, die Tugenden, die Ehrfurcht vor Gott und bat sie dann noch einmal im Namen der Heiligen Jungfrau, mich gehen zu lassen.

»Aber wie soll das denn gehen, kleine Laura? Sie können doch nicht Unmögliches von mir verlangen! Ich habe mit Ihnen ein Abkommen geschlossen. Einen Intensivkurs Englisch auf Englisch ... O Gott, wie schrecklich, wir sprechen ja schon wieder Spanisch, und ich habe es nicht bemerkt! Wo habe ich bloß meinen Kopf! Ach Laura, Sie machen mich noch ganz verrückt ...«

Sie wechselte wieder in ihre Muttersprache. Sie redete und redete, aber ich schnappte nur die eine oder andere Präposition, ein paar Verben und den Namen Gottes auf. Als sie fertig war, nannte sie die Bibelstelle: Matthäus 3, Vers 1 bis 6. Sie hatte aus den Evangelien rezitiert. Dann stand sie auf, ging eine Weile im Zimmer hin und her und sah prüfend in alle Ecken und Winkel. Dazu sang sie *Farewell, Angelina*, ein Lied von Joan Baez. Das kannte ich auch, sogar auswendig.

»*It's OK.*«, sagte sie plötzlich. »*All right*. Da es schon spät ist, werde ich Sie erst morgen prüfen. Gleich morgen früh, und wenn Sie bestehen, machen wir den Ausflug ... Ich fürchte, die Johnson-Schwestern werden morgen nicht kommen. Sie haben letzten Samstag nicht fest zugesagt. Ihre Mutter ist krank. Lernen Sie schön fleißig, dann können wir zur *Sturmhöhe* fahren. Aber eines sage ich Ihnen gleich: Mir wird nichts anderes übrig bleiben, als Ihnen Handschellen anzulegen. Ich traue Ihnen nicht über den Weg.«

Damit ging sie durch die Schranktür hinaus.

XI

DIE NACHRICHT, dass die Putzfrauen wahrscheinlich nicht kommen würden, trieb mich zur Verzweiflung. Möglicherweise hatte Mrs Grose es absichtlich erwähnt, um meine Moral noch weiter zu untergraben. Schlau wie sie war, hatte sie sicher vermutet, dass ich sie um Hilfe bitten würde, sobald sie sich blicken ließen. Was den Ausflug zur *Sturmhöhe* betraf, war ich sicher, dass er nie stattfinden würde, weil sie mich schlecht in Handschellen mitnehmen konnte, ohne Aufmerksamkeit zu erregen. Es war wohl eher so, dachte ich mir, dass die Grose mich an einen anderen Ort bringen wollte und mir deshalb sagte, dass sie mir Handschellen anlegen würde. Vielleicht würde sie mich zusätzlich knebeln und im Keller einsperren oder, was noch schlimmer war, im Wald an einen Baum binden und allein lassen. Zwar war ihr das mit dem Knebel bisher offenbar noch nicht eingefallen, aber das würde noch kommen, da war ich sicher. Ich war verängstigter denn je und erwog sogar, mir mit einer Überdosis Schlaftabletten das Leben zu nehmen, falls es schlimmer kommen sollte. Deshalb steckte ich die Pillendose ebenfalls in meine Notfalltasche, die ich hinter dem Wasserkasten hervorholte und mir wieder umgürtete, nachdem ich das edle Kostüm ausgezogen hatte, das ich als Hauskleid trug. Weder am Nachmittag noch am Abend ließ sich die Grose blicken. Zum Abendessen aß ich einen halben Müsliriegel und trank drei

Glas Wasser. Ich versuchte, die Müsliriegel, die mir noch blieben, zu rationieren, für den Fall, dass es Ärger geben sollte. Eigentlich hatte ich sowieso keinen Hunger, und so vermisste ich das Abendessen nicht.

Eine ganze Weile hörte ich die Grose im Erdgeschoss singen. Sie sang *Clavelitos*, in verschiedenen Stimmlagen – mal dunkler, mal schriller, mal höher, mal tiefer –, probierte aus, welche Version am besten klang, und beendete jede ihrer gelungenen Darbietungen mit einem schrecklichen Tsching Bum, das sich für mich wahrhaft diabolisch anhörte. Sie hatte eine besondere Begabung dafür, Stimmen nachzuahmen, das war ihre Spezialität. Einmal hatte sie mir erzählt, dass sie das beim Theater gelernt habe. Sie wäre gerne Schauspielerin geworden, aber ihr Aussehen – sie sei immer ziemlich dick gewesen – habe dem entgegengestanden. Allerdings habe sie in ihrer Zeit als Lehrerin in den Vereinigten Staaten die Schulaufführungen mitgestaltet, bei dem einen oder anderen Stück Regie geführt und sogar ein paar Mal eine Rolle übernommen. Sie liebe es, sich zu verkleiden. Ich hörte, wie sie mit den Hunden im Garten spielte und dann, so gegen neun, die Eingangstür abschloss und in ihr Zimmer hinaufging. Ich rechnete damit, dass sie vor meiner Zimmertür stehen bliebe, aber nein, sie ging vorbei. Eine Zeit lang hörte ich sie im Stockwerk über mir auf und ab gehen, und als sie endlich Ruhe gab und Stille einkehrte, kroch ich in mein Bett. Ich wusste nicht, ob ich mein Nachthemd anziehen oder mich in Kleidern hinlegen sollte. Ich fürchtete, wenn die Grose hereinkäme und meine Fluchtvorbereitungen entdeckte, würde sie noch wütender werden, aber wenn ich angezogen blieb, hatte ich das Gefühl, jederzeit bereit zur Flucht zu sein, und so beschloss ich, die Kleider anzubehalten. Mag sein, dass das nicht besonders hygienisch war, aber das war mir egal. Schließlich hatte sie schon in diesen Laken geschlafen. Bei diesem Gedanken schauderte mich. Der Widerwille, den mir die Grose von Anfang an eingeflößt hatte, war inzwischen zu einem unkontrollierbaren Abscheu geworden. Wenn sie sich neben mich setzte, rückte ich ab. Ich glaube, sie hatte es gemerkt und nahm es mir übel. Aber sosehr ich mich auch bemühte, ich konnte es nicht verbergen. Bevor ich mich schlafen legte, nahm ich die Nagelschere aus der Tasche und legte sie unters Kopfkissen. So hätte ich sie eher zur Hand, als wenn ich sie erst aus dem Futteral holen müsste. Noch hatte Mrs Grose mich nicht angegriffen, allerdings vermutete ich, dass sie es jederzeit tun konnte. Wer weiß, ob ihre Drohung, mir Handschellen anzulegen, nicht indirekt auf weitaus schlimmere Gewalttaten verwies. Habe ich gesagt, ich hätte Angst gehabt? Das trifft es nicht. Es war viel mehr als das. Meine seelische Verfassung in dieser Nacht lässt sich mit Worten nicht beschreiben. Mein Puls raste. Zu sagen, dass mein Herzflattern stärker geworden sei, wäre untertrieben. Ich spürte, wie mein Herz unregelmäßig schlug, sehr, sehr schnell, und hatte das Gefühl, es müsste mir zerspringen. Ich nahm zwei Schlaftabletten, in der Hoffnung, dass der Tod mich im Schlaf überraschen würde. Ein wenig ruhiger, versuchte ich den Schlaf herbeizuzwingen, indem ich ein englisches Vaterunser und eine ganze Reihe von Ave-Marias betete, die sich in meinem Kopf mit all den Schimpfwörtern vermischten, die mir die Grose zusammen mit den Gebeten beigebracht hatte. Zum Glück schlief ich ein, bevor ich zu der Überzeugung gelangte, nicht nur die Grose sei verrückt geworden, sondern auch ich.

Gegen ein Uhr morgens wurde ich vom Geräusch umstürzender Möbel und eiliger Schritte im Erdgeschoss geweckt und hörte, wie die Grose ihren Mann beschimpfte. Der Idiot war wieder aufgetaucht, daran bestand kein Zweifel. Dieses Mal verstand ich klar und deutlich, was sie sagte, aber ich hörte nur ihre Stimme. Er antwortete nicht. Wenn er sie umbringt, sagte ich mir, kann ich gehen, und schließlich betete ich sogar: Lieber Gott, mach, dass er sie umbringt.

Ich schaltete alle Lichter im Zimmer ein, riss die Balkontür sperrangelweit auf und wartete. Ich würde Wache halten, so lange ausharren wie nötig, und sobald ich ihn herauskommen sah, würde ich um Hilfe rufen. Er wusste, dass ich da war. Wir hatten miteinander gesprochen. Aber wahrscheinlich wusste er nicht, dass seine Frau mich hier festhielt. Ich würde ihm alles erklären und mich nicht einmal bemühen müssen, dies auf Englisch zu tun. Was für eine Erleichterung! Ich hatte nichts zu verlieren und nichts zu befürchten, und er ebenso wenig. Ich würde ihm sagen, dass ich bereit war, überall und jederzeit zu seinen Gunsten auszusagen. Sie war diejenige, die Leute misshandelte, das konnte ich bezeugen. Und schlimmer noch: Sie war wahnsinnig, pervers, sadistisch. In diesem Augenblick war ich zu allem bereit, wenn es mich nur von hier fortbrachte. Ich dachte, dass dies vielleicht meine letzte Chance war und dass Richard, Richard der Idiot oder wie auch immer er heißen mochte, eine Art rettender Engel war, direkt von Gott gesandt, der mein Flehen erhört hatte.

Der Kampf war vorüber, denn der Lärm war verstummt, aber er kam nicht heraus. Von meinem Wachposten aus überblickte ich die Tür, durch die er herauskommen musste, und war bereit, ihn anzusprechen. Vielleicht würde er nicht nachts gehen, sondern erst bei Tagesanbruch. Ich wusste nicht, wie lange ich mich noch auf den Beinen würde halten können, denn die Schlaftabletten begannen zu wirken. Ich fürchtete, der Schlaf könnte mich just in dem Augenblick übermannen, in dem er herauskam, und dann würde ich die Gelegenheit verpassen, ihn um Hilfe zu bitten.

Ich wartete noch ein Weilchen. Ich versuchte zu singen, um mich wach zu halten. Außerdem würde das vielleicht seine Aufmerksamkeit wecken. Aber nein. Ich hörte nichts, nicht einmal die Seufzer, die von Zeit zu Zeit aus dem Zimmer der Grose zu dringen pflegten. Ich hatte auch nicht gehört, dass er nach oben gegangen wäre. Die Stille ängstigte mich noch mehr. Und wenn es umgekehrt war? Wenn die Grose ihren Mann umgebracht hatte? Aufs Neue drohte mein Herz zu zerspringen. Ich fürchtete, einen Herzinfarkt zu erleiden. Da schrie ich vom Balkon herunter: »Richard, Richard, bitte kommen Sie herauf! Holen Sie mich hier raus! Hilfe, Hilfe, ich will hier raus!«

Niemand antwortete. Völlig hysterisch hämmerte ich mit einem Stuhl gegen die Tür. Ich schlug auf den Boden. Unmöglich, dass sie mich nicht hörten. Endlich vernahm ich eine Stimme: »Ganz ruhig, Laura, ich komme jetzt hoch. Ist sie nicht böse, die alte Grose? Aber sie hat ihre Strafe schon bekommen.«

Die Stimme klang tiefer als die von Mrs Grose, aber dennoch war ich sicher, dass sie es war, die ihre Stimme verstellte, um wie ihr Mann zu klingen. Mein Gott, sie ahmte die Stimme ihres Mannes nach! Das war das Schlimmste, was mir passieren konnte.

»Annie ist sehr böse, nicht wahr? Wir sollten eine Entscheidung treffen, Sie und ich … Was wollen wir mit ihr machen?«

Ich hörte, wie sie die Treppe heraufkam. Zitternd wartete ich hinter der Tür, die Schere in der Hand. Warum sagte Richard nichts? War er weggegangen, ohne dass ich es bemerkt hatte? Unmöglich. Vielleicht war es doch Richard, der mir antwortete, und in meiner Angst bildete ich mir ein, es wäre die Grose.

Kurz darauf hörte ich, wie eine Tür aufging, aber es war nicht die Zimmertür, sondern die Geheimtür im Schrank. Ich sah, wie zwischen meinen aufgehängten Kleidern erst die Turnschuhe des Mannes zum Vorschein kamen, dann die Jeans, die Jacke und das Hemd, und zuletzt die dunkle Brille und die Kappe. Mit seltsam wankenden Schritten kam er auf mich zu. Er umarmte mich, und ich versuchte mich loszumachen.

»Was tun Sie denn da? Bitte lassen Sie mich gehen!«, flehte ich ihn an.

»Wollen Sie jetzt etwa behaupten, Sie hätten mich nicht gerufen?«, fragte er zurück, während er mich zum Bett schleifte und mir dabei die Augen mit einer Hand zuhielt, die sich anfühlte wie ein feuchter Lappen.

Da erkannte ich, dass es Mrs Grose war. Mrs Grose, die die Kleidung ihres Mannes trug, auch wenn er größer und kräftiger gewirkt hatte als sie. Ich versuchte mich loszureißen, aber sie war viel stärker als ich und hielt mich mit ihren Pranken gepackt. Da rammte ich ihr die Schere in die Seite. Ich muss ihr sehr wehgetan haben, denn sie lockerte einen Moment lang ihren Griff, um an die Wunde zu fassen. Ich nutzte die Gelegenheit und stach wieder zu, diesmal ins Herz. Sie schrie mich an und fiel auf mich. Eine Stelze rutschte aus ihrem Hosenbein; gleichzeitig spürte ich ihre Zähne an meinem Hals. Ich setzte mich zur Wehr, indem ich wieder zustach. Anfangs schrie sie wie ein abgestochenes Ferkel, doch nach und nach hörte sie auf zu zucken. Sie atmete nicht mehr. Das Bettlaken war voller Blut.

Voller Entsetzen über das, was ich getan hatte, kletterte ich durch die Tür hinaus, die Schere noch in der Hand.

Der Schlüssel steckte von außen, und ich drehte ihn herum. Dann ging ich die Treppe hinunter. Ich hatte Angst, die Grose könne, verletzt oder tot, hinter mir herkommen.

XII

VÖLLIG AUSSER MIR lief ich durchs ganze Haus und schrie nach Richard, aber er konnte mir nicht antworten. Richard existierte nicht. Er war – wie ich jetzt weiß – ein Hirngespinst der Grose, die nie verheiratet gewesen war; ein Produkt ihrer Fantasie, das in ihrem Wahn Gestalt angenommen hatte, eine Projektion ihres Selbst, welches versucht hatte, sich ein männliches Ich zu erschaffen, das sie – wie sie glaubte – glücklicher gemacht hätte. Das alles habe ich aus den Büchern geschlossen, die der Gefängnisarzt, der sich für meinen Fall interessiert, mir überlassen hat. Im Psychologiehandbuch von Doktor Smith, dessen Lektüre ich Ihnen sehr ans Herz lege, habe ich einen ganz ähnlichen Fall gefunden wie den von Mrs Grose. Dank Doktor Smiths Analyse habe ich verstanden, dass die Grose sich nicht einfach nur verkleidete, um mich zu erschrecken, dass sie es nicht darauf anlegte, durch die Misshandlungen meine Aufmerksamkeit oder mein Mitleid zu heischen, indem sie eine Tragikomödie des Schreckens inszenierte, sondern dass sie sich tatsächlich in Richard verwandeln und so ihren Traum verwirklichen wollte, als Mann geboren zu sein statt als Frau, denn als solche fühlte sie sich nicht wohl. Darum brachte sie sich selbst Verletzungen bei und schrieb diese dann dem eifersüchtigen Ehemann zu, den sie zu haben glaubte. Wie so viele andere Menschen hasste die Grose sich selbst, aber anstatt sich in ihr Los zu fügen und sich zu nehmen, wie sie war, versuchte sie zu vernichten, was sie am meisten an sich störte: ihr in der Tat wenig einnehmendes Äußeres. Es ließ sie wie der Mann erscheinen, der sie gern gewesen wäre, und machte sie zugleich in den Augen der Männer unattraktiv, deren Blick jedoch das Einzige war, was sie interessierte, der ihrer Meinung nach einzig zulässige Blick auf die Welt, der einzige, der Gesetze und Normen erschaffen und mit ihnen die Welt regieren durfte. Dass Mrs Grose Lehrerin geworden war, mag als weiterer Beleg für ihr Interesse gelten, dafür zu sorgen, dass Regeln eingehalten wurden, und seien es nur die Regeln der Grammatik. Hier konnte sie ihre männliche Seite ausleben, wenn auch unbewusst, und deshalb unterrichtete sie gern, solange ihre Schüler ihre Anordnungen widerspruchslos befolgten.

Offen gestanden, wäre mir keine dieser Deutungen von allein in den Sinn gekommen, nicht einmal jetzt, nachdem ich wochenlang über Mrs Groses Betragen nachgegrübelt habe, und damals erst recht nicht. Es waren die Bücher, besonders das Handbuch von Doktor Smith, die mir ermöglicht haben, zu verstehen, wie Mrs Grose tickte. Ich habe ja schon erwähnt, dass mir zwar die Ähnlichkeit zwischen Mrs Grose und ihrem angeblichen Ehemann aufgefallen war, obwohl ich den falschen Richard nur im schummerigen Abendlicht und vom Fenster aus gesehen hatte. Trotzdem wäre ich nie darauf gekommen, dass sie ein und dieselbe Person sein könnten, dass die Grose sich als Mann verkleidete, sich durch Stelzen größer machte, sich die Haare zusammenband und ihre Augen hinter dunklen Gläsern verbarg.

Ich suchte Richard also, wie gesagt, vergebens. Entsetzt ging ich hinunter ins Erdgeschoss; dort fand ich in der Eingangshalle umgeworfene Möbel und in der Küche zerbrochene Teller, das Resultat von Mrs Groses Kampf mit ihrem imaginären Ehemann. Dann stieg ich in den zweiten Stock hinauf, zu ihren Zimmern, die offen standen. Ich ging hinein, und was ich dort sah, werde ich für den Rest meines Lebens nicht vergessen. In einem der Betten lag eine alte Frau, die mit breiten Riemen festgeschnallt war. Sie sah elend und ausgemergelt aus. Als ich sie losschnallte, schlug sie einen Moment lang die Augen auf und sah mich an. Ich glaube, sie nahm mich gar nicht wahr. Dann begann sie zu jammern, erst leise, dann ein wenig lauter. In holperigem Englisch fragte ich sie, wer sie sei und ob es ein Telefon gebe, aber sie antwortete mir nicht. Wahrscheinlich hätte sie mir in dem erbärmlichen Zustand, in dem sie sich befand, auch nicht antworten können, wenn ich sie in korrektem Englisch mit dem reinsten Chelsea-Akzent gefragt hätte. Ich sah mich im Zimmer nach einem Telefon oder Handy um. Es musste eines geben, auch wenn mir die Grose das Gegenteil versichert hatte. Schließlich fand ich es auf dem Nachttisch auf der anderen Seite des leeren Bettes. Als ich den Hörer abhob, blieb es stumm, die Leitung war tot, bis ich merkte, dass es ausgestöpselt war. Ich wollte Jennifer anrufen und ihr sagen, dass sie die Polizei benachrichtigen solle, wusste aber ihre Nummer nicht. Ich hatte sie in meinem Handy immer abgerufen, indem ich ihren Namen eintippte. Ich erinnerte mich auch nicht an die Notrufnummer, die mir die Grose an dem Abend gegeben hatte, als sie ihren ersten großen Streit inszenierte, damit die Polizei kommen und ihren Mann verhaften könne. Erst nach einer ganzen Weile bemerkte ich, dass auf dem Nachttisch ein Adressbuch voller nützlicher Adressen lag, unter anderem mit der des Krankenhauses. Krankenhaus Mrs Grose, Notaufnahme, stand da. Ich wählte die Nummer, machte mich verständlich, so gut ich konnte, und bat darum, einen Krankenwagen vorbeizuschicken. Vielleicht war Mrs Grose ja noch nicht tot. Dann suchte ich überall nach den Autoschlüsseln. Ich hatte das Gefühl, auch nicht eine Minute, ja keine Sekunde länger an diesem Ort bleiben zu können. Schließlich fand ich die Schlüssel in einer Tasche des Kittels, den die Grose mit anderen Kleidungsstücken auf einen Stuhl gelegt hatte.

Ich weiß, dass es ein großer Fehler war, das Haus zu verlassen, statt auf den Krankenwagen zu warten, dort zu bleiben jedoch ging über meine Kräfte. Mir ist klar, dass das unglücklicherweise gegen mich spricht. Aber ich floh nicht vor der Polizei. Ich informierte sie nur deshalb nicht vom Haus aus, weil ich nicht wusste, wie, weil ich es nicht über mich brachte, in mein Zimmer zurückzukehren und die Notrufnummer aus meinem Reiseführer herauszusuchen. Ich floh vor dem Anblick des blutigen Körpers der Grose auf meinem Bett und vor dem Anblick des anderen Körpers, der alten schwerkranken Frau, deren Weinen ich in den letzten Tagen so oft gehört hatte. Lieber wollte ich den Rest der Nacht im Freien verbringen, als dort zu bleiben, auch wenn es draußen dunkel war und ich nicht wusste, wo ich unterkriechen sollte, bis ich am nächsten Tag mit dem Konsulat sprechen und um Hilfe bitten konnte. Es ist nicht wahr, dass ich Mrs Groses Wagen nahm, um zum Flughafen zu fahren und dort in das erstbeste Flugzeug nach Barcelona zu steigen. Das ist eine absurde Annahme. In meinem Zimmer, in dem Mrs Groses Leiche lag, befanden sich alle meine Habseligkeiten, und diese hätten die Polizei direkt zu mir geführt; irgendwo im Haus hätten sie auch meinen Koffer gefunden, an dessen Griff ein Schild mit meinem Namen und meiner Adresse hing.

Ich hatte immer vor, die Polizei zu benachrichtigen. Ich ging davon aus, dass mir nichts passieren könne, da ich unschuldig war. Zu meinem Unglück war der Wagen der Grose diesmal vollgetankt. Ich sage, zu meinem Unglück, denn wäre ich im Haus geblieben, wäre sicherlich alles leichter gewesen. Als ich gerade auf den asphaltierten Weg einbiegen wollte, kam mir der Krankenwagen entgegen. Ich musste den Rückwärtsgang einlegen und eine breitere Stelle suchen, um ihn vorbeizulassen. Die beiden, die im Wagen saßen – der Fahrer und ein Beifahrer –, schienen das Auto zu kennen, denn sie fragten mich, ob ich von Mrs Groses Haus käme und was geschehen sei. Ich verstand sie, sah mich aber außerstande, ihnen auf Englisch zu antworten und alles zu erklären. Ich fragte sie, ob sie Spanisch verstünden, und einer von ihnen bejahte. Er sagte mir, er sei der Arzt, der die alte Mrs Grose betreue und jeden Samstag mit einer Krankenschwester nach ihr sehe. Irgendjemand habe an diesem Morgen im Krankenhaus angerufen und nach einem Arzt geschickt, weil Mrs Groses Zustand sich verschlechtert habe. Vielleicht sei sie schon tot. »Ich war diejenige, die angerufen hat«, sagte ich, »aber nicht die alte Dame ist tot, sondern ihre Nichte, Mrs Annie Grose.«

»Sie irren sich«, sagte er. »Annie ist nicht mit Mrs Grose verwandt, sie ist von Mrs Groses Tochter angestellt worden, um die alte Dame in den Sommermonaten zu pflegen, wenn die junge Mrs Grose in Sydney bei ihrem Sohn ist. Ich glaube, sie hat früher schon einmal in diesem Haus gearbeitet, aber das ist viele Jahre her, als Hauslehrerin für Fräulein Laura ...«

»Annie ist tot oder liegt im Sterben. Ich habe sie in Notwehr getötet«, gestand ich.

Weiter weiß ich nichts von dieser schrecklichen Nacht, ich glaube, ich verlor das Bewusstsein. Zweifellos hatten die Erschöpfung und die Schlaftabletten sowie meine Todesangst ihren Anteil daran. Man hat mir erzählt, dass ich den

Rückweg zum Haus von Mrs Grose – nicht Annie Grove, ein kleiner, aber entscheidender Unterschied – im Krankenwagen zurücklegte. In Anbetracht meines Zustands beschloss der Arzt, mich mitzunehmen und nachzuprüfen, ob das, was ich ihm erzählt hatte, der Wahrheit entsprach, bevor er die Polizei rief.

Der Fall Grove – nicht Grose – ist durch die gesamte britische Presse gegangen, und auch wenn in diesem Jahr der islamistische Terror für Gesprächsstoff gesorgt hat und das Ungeheuer von Loch Ness weiterhin glücklich am Grund seines Sees haust, war dennoch August und somit Saure-Gurken-Zeit. Das ist auch der Grund, warum mein Name rücksichtslos durch sämtliche Zeitungen geschmiert wurde. In fast allen Medien wurde Mrs Grove, die Tochter eines Kämpfers der Internationalen Brigaden, der an der Ebroschlacht teilgenommen hatte, als äußerst respektable Person geschildert. Nach ihrer Pensionierung vom Schuldienst in den Vereinigten Staaten hatte sie sich jeden Sommer zwei Monate lang um Mrs Grose gekümmert, in deren Diensten sie früher gestanden hatte. Das Ärzteteam, das der alten Dame jeden Samstag einen Besuch abstattete, attestierte, sie sei bestens versorgt gewesen. Natürlich hatte Annie sie ans Bett fesseln müssen, damit sie nicht versuchte aufzustehen und stürzte, was schon mehr als einmal vorgekommen war. Aber sie hatte dazu orthopädische, zulässige und aus medizinischer Sicht vollkommen einwandfreie Riemen verwendet. Der beste Beweis für ihre aufopferungsvolle Pflege war, dass sie die alte Dame eines Nachts höchstpersönlich ins Krankenhaus gefahren hatte, weil sie fürchtete, der Notarzt käme zu spät.

In allen Zeitungen wurde bedauert, dass die arme Annie Grove ein so furchtbares Ende genommen hatte, erdolcht oder, besser gesagt, mit einer Schere erstochen von einer

Geisteskranken. Dafür hielten sie mich, denken Sie nur! Es versteht sich von selbst, dass alle gegen mich waren und sind. Die Einwohner des perfiden Albion hegen eben immer noch Animositäten gegen uns.

Sie sagen mir, dass die Webseite von Mrs Grose, über die ich auf das Kursangebot gestoßen bin, nicht existiert und dass niemand weiß, ob im Sommer 2004 eine junge Französin nach *Four Roses* kam, um Englisch zu lernen. Ich nehme an, Annie Grove höchstpersönlich hat alles gelöscht, was sie hätte kompromittieren können, nachdem es ihr gelungen war, jemanden zu sich zu locken. Laura Grose, die Tochter der Besitzerin des Hauses, sollte nichts davon merken, denn es ist ziemlich offensichtlich, dass sie ihr niemals gestattet hätte, doppelte Arbeit zu leisten und nicht nur ihre Mutter zu pflegen, sondern noch dazu zu unterrichten. Für mich spricht, dass Fräulein Laura ihr nur einmal erlaubte, für ein paar Tage eine Freundin einzuladen, damit diese ihr Gesellschaft leiste, und zwar im August, als das Dienstpersonal Urlaub hatte. Ich war nicht diese Freundin der Grose, so viel steht fest. Auch sollte mir die Tatsache helfen, dass sie sich vor mir als Nichte der Eigentümerin ausgab. Sie sollten überprüfen, ob sie das auch anderen Leuten gegenüber getan hat, vielleicht vor den Kollegen an der amerikanischen Schule. Wie ich Ihnen bereits gesagt habe, habe ich die Hälfte der Kursgebühr auf ein Konto der Layonard Bank in Lebanon, Neuengland, überwiesen. Man sollte herausfinden, auf wessen Namen das Konto, dessen Nummer sie mir gab, lief oder läuft, falls es noch existiert. Vielleicht ist das Einzige, was mir vor Gericht helfen kann, das Gutachten der Schule. Sie selbst hat mir gesagt, dass sie wegen Misshandlung verklagt worden sei.

Ich habe die Grose – nie werde ich mich daran gewöhnen, sie bei ihrem richtigen Nachnamen Grove zu nennen – getötet, weil ich glaubte, dass sie mich quälen und anschließend umbringen würde. Ich habe in Notwehr gehandelt und weiß, dass Sie mir glauben werden. Sie starb in meinem Zimmer, nicht in ihrem, was darauf schließen lässt, dass ich angegriffen wurde, dass sie in mein Schlafzimmer eindrang und nicht umgekehrt. Sie haben mir geraten auszusagen, dass ich nicht wusste, was ich tat, dass es ein Streit unter Liebenden war. Sie meinen, so könnten wir eine Strafmilderung erreichen, denn es werde schwierig, ja fast unmöglich werden, den Richter davon zu überzeugen, dass die Grose mich nur deshalb gewaltsam festhielt, weil sie mich nicht vor Ende des Englischkurses abreisen lassen wollte, und dass sie versucht hat, mich zu überfahren. Ich kann keine weiteren Beweise erbringen, ich habe nur mein Wort. Nicht einmal Jennifer kann mir helfen, denn als ich in der ersten Woche mit ihr sprach, hatte meine Lehrerin noch nicht alle Facetten ihres Wahnsinns offengelegt. Es war ihr Wahn, der sie dazu getrieben hat, sich ein zweites Ich zu erschaffen. Ich weiß, dass es nicht leicht werden wird, den Richter davon zu überzeugen, auch wenn die Polizei sie in Männerkleidung und mit den Stelzen gesehen hat, die sie in der Nacht ihres Todes trug. Bitte finden Sie heraus, ob auch andere Leute von der Existenz des falschen Richard wussten. Vielleicht hat sie ihren erfundenen Ehemann auch vor der französischen Schülerin erwähnt, deren Zeugenaussage für mich von höchster Bedeutung ist. Sehr wahrscheinlich hat sie die gleichen Erniedrigungen durchlitten wie ich, ist aber davongekommen. Oder auch nicht. Vielleicht ist sie nicht davongekommen, und ihre Leiche liegt im Garten vergraben … Wenn Jeremy existiert, wenn er nicht eine weitere Ausgeburt des kranken Hirns der Grose ist, könnte er etwas wissen. Mein Gott! Hoffentlich finden Sie in all diesen Einzelheiten etwas, das mir hilft, hier rauszukommen!

Ich habe die reine Wahrheit gesagt und nicht ein Jota verändert. Das kann ich beschwören. Aber ich fürchte sehr, in diesem Land, dessen Zynismus schon an der Sprache deutlich wird – die Tatsache, dass man die Wörter völlig anders ausspricht, als sie geschrieben werden, ist ein deutliches Zeichen für die Doppelmoral der Engländer –, wird mir das nicht viel nützen. Vielleicht sollte ich mir besser irgendetwas ausdenken. Sagen Sie mir, was ich tun soll. Helfen Sie mir, ein Alibi zu finden. Ich kann nicht mehr. Ich will nur hier raus. Ich flehe Sie an, Sie müssen das bewerkstelligen. Meine Stunden sind gezählt. Die Tatsache, dass ich auf der Krankenstation liege, hilft mir nicht in meiner Not, auch wenn mein Englisch zugegebenermaßen viel besser geworden ist. Vor Kurzem habe ich sogar in dieser Sprache geträumt, aber plötzlich ist mir die Grose erschienen.

»Was für gewaltige Fortschritte Sie gemacht haben, kleine Laura!«, rief sie mir aus der Hölle zu. »Ich warte hier auf Sie, ich halte Ihnen einen Platz frei.«

Ich bin nicht reich, das wissen Sie, aber ich habe Geld, um mir einen guten Anwalt zu leisten. Bitte lassen Sie das Ihre englischen Kollegen wissen, suchen Sie mir den besten Verteidiger. Manchmal packt mich die Reue, vor allem, wenn ich mich selber sehe, die Schere in der Hand, und mich dabei beobachte, wie ich sie der Grose in den Leib stoße, ein, zwei, drei ... dreizehn Mal.

Die Originalausgabe erschien 2006 unter dem Titel
L'estiu del l'anglès
bei Proa, Barcelona.

Die Übersetzung wurde vom Institut Ramon Llull,
Barcelona, gefördert.

ISBN 978-3-550-08703-5

© der deutschsprachigen Ausgabe
by Ullstein Buchverlage GmbH,
Berlin 2007
© Carme Riera, 2006
Alle Rechte vorbehalten.
Gesetzt aus der Caslon bei
Pinkuin Satz und Datentechnik, Berlin
Druck und Bindung: Clausen & Bosse, Leck
Printed in Germany

Cathleen Schine

EINE LIEBE IN MANHATTAN

Roman
Aus dem Amerikanischen
von Giovanni und Ditte Bandini
ca. 304 Seiten. Gebunden mit Schutzumschlag
ISBN 978-3-550-08707-3

Die schönste Liebeserklärung an New York

Selten ist das Lebensgefühl in Big Apple so treffend geschildert worden: Eine Reihe schrullig-sympathischer Großstädter wohnen auf der Upper West Side achtlos nebeneinander her – doch über ihre Hunde kommen sie irgendwann ins Gespräch. Bislang unbekannte Nachbarn erhalten einen Namen, Freundschaften entstehen, Leidenschaften entflammen.

»Ein befreiendes Märchen großstädtischer Einsamkeit.«
The New York Times Book Review

»Schine entsendet einen Liebesbrief an die New Yorker und an deren Hunde.«
Publishers Weekly

ullstein